李少君
雷平阳
主编

2023年
夏之卷

诗收获

长江出版传媒
长江文艺出版社

诗收获

编委会

主　　办： 长江诗歌出版中心　　中国诗歌网

编委会主任： 吉狄马加
编委会(以姓氏笔画为序)：

吉狄马加	朱燕玲	刘　川	刘　汀	刘洁岷
江　离	李少君	李寂荡	李　壮	吴思敬
谷　禾	沉　河	张　尔	张执浩	张桃洲
何冰凌	林　莽	宗仁发	金石开	周庆荣
郑小琼	育　邦	胡　弦	泉　子	娜仁琪琪格
姜　涛	高　兴	钱文亮	黄礼孩	黄　斌
龚学敏	梁　平	彭惊宇	敬文东	雷平阳
臧　棣	潘红莉	潘洗尘	霍俊明	

主　　编： 李少君　　雷平阳
执行主编： 沉　河
副 主 编： 霍俊明　　金石开　　黄　斌
艺术总监： 田　华

卷首语

到观斗山去的人，心里都装满了星斗。他们在山上看见的这些星斗，就是他们安装到天空里去的。他们并不需要额外的发光体，之所以千里迢迢地赶赴观斗山，只因他们迷恋带着星斗风尘仆仆地赶路的滋味，需要观斗山这样一座有仪式感的瞭望台，需要天空这样一片天花板。我在镇雄县到威信县之间的那条野草丛生的路上，遇到过很多从观斗山下来的人。从外表上观察，他们普遍有着到天空安装星斗时所获得的孤独与疲惫，少数人似乎还把灵魂安插在了辽阔的夜空里。他们彼此之间没有任何交流，也没有谁坐在路边，给蚂蚁和小草讲授天文学知识。我给一个摔碎了膝盖的老人让路，顺便向他打听如何才能保持长期仰望的秘诀，他斜眼看了我一下，在拐杖的引导下头也不回地走了。

雷平阳

2023 年 5 月 23 日，昆明

季度诗人

爱情的工作 // 刘川 // 002

轻松的戏谑里布满雄浑的击打之声

  ——读刘川的诗 // 张德明 // 016

造物 // 隆莺舞 // 024

敉平的情感与世界的寓言化 // 楼河 // 043

组章

咏怀 // 伽蓝 // 050

转钟一点的雨 // 华姿 // 055

小石头记 // 蓝野 // 062

和雪山一起长大 // 刘宁 // 067

观云者 // 吕达 // 073

我以为忘记了的都不曾发生 // 弥赛亚 // 077

父亲的对虾塘 // 伤水 // 083

突然想起今天是我的生日 // 王单单 // 092

大多数时候我只是灰尘 // 薛振海 // 096

我仍热爱一场虚拟的建构 // 周祥洋 // 104

另一个父亲 // 薛松爽 // 110

不要让太阳月亮唤醒，他们永恒的蓝 // 苏拉 // 117

捕蝶记 // 商略 // 125

春风过处 // 袁磊 // 129

诗集诗选

《清空练习》诗选 // 周鱼 // 136

《他们改变我的名字》诗选 // 李琬 // 142

第 38 届青春诗会诗丛诗选 // 148

域外

我会在奇异中沐浴自己 // 艾兹拉·庞德 著 / 西蒙、水琴 译 // 178

唯一的日子 // 米洛·德·安杰利斯 著 / 陈英 译 // 184

中国诗歌网作品精选

来年夏天 // 韩文戈 // 192

那么多树叶竖起耳朵 // 车延高 // 192

一只刺猬 // 江离 // 193

铁匠巴珠 // 北野 // 194

生日 // 吴小虫 // 196

月亮升起来了 // 殷红 // 197

界线 // 应文浩 // 197

晚年 // 那勺 // 198

雏菊 // 蒋戈天 // 199

灰尘问题 // 黄劲松 // 200

与山书 // 邹弗 // 200

磨瓦成镜 // 周志启 // 201

评论与随笔

大象的退却，或江南的对立面
　　——论当代诗歌中的南方想象 // 王东东 // 204

醉与醒 // 冉冉 // 224

岩画 // 李达伟 // 229

季度观察

游移之力：街道美学、南方风物与动物之诗
　　——2023年春季诗坛观察 // 钱文亮　黄艺兰 // 240

安泊金　绘
《百合花开》
68cm×134cm
2022 年 4 月

季度诗人

爱情的工作

/ 刘川

刘川，1975年生，出版诗集《拯救火车》《大街上》《打狗棒》《刘川诗选》等多部。曾获徐志摩诗歌奖、人民文学奖、辽宁文学奖、刘章诗歌奖等。现居沈阳。

一到阴天，我就会想起矿工

  天上乌云越积越厚
  看上去
  像一个煤层
  连续半月阴天
  我天天头顶这个
  巨大的煤矿上下班
  仿佛一个
  不幸被埋在井下的矿工

所谓的名人，你们不用再争吵了

  我不反驳你们
  但关于人的名字
  留在世界上时间的长短
  我仍然觉得它完全取决于
  该名字刻进墓碑的深浅

在通往火葬场的路上

  我拦住一套西装
  一套中山装、一套牛仔装
  一套文雅、漂亮的连衣裙
  衣服们，你们这是去哪儿
  我们去把肉体运到那个火炉里
  倒掉

灾　情

  家乡大旱

颗粒无收
土地干裂
最近我嘴唇
也干裂了
这足以证明
我是故土
忠诚的儿子
与其同体
现在，我大口大口
喝着雪碧、芬达
家乡的旱情
是否有所缓解

歌　厅

我五音不全
每去歌厅
只能喝酒

我酒量不行
每去酒店
只能讲段子

我幽默细胞不够
每次说笑话
都没人笑

我只得自己笑
笑到肚子疼
被送去看医生

我看了看医生

发现他一点病也没有
就把他撵出了医院

医院里，没了医生
病人们病全好了
一个个又跑去歌厅

失物招领

昨天散步
捡到一根
粗大的铁棒
是谁所失
有急用否
是否在苦苦寻觅
我攥着铁棒
站在路旁
想做活雷锋
但一个个路人看着我
胆战心惊
侧身而过
落荒而逃
过去自卑的我
也一下子阳刚起来
一根铁棒
难道就是
我丢失已久的脊梁
人们如此胆小
难道它也是
他们刚刚
被抽掉的脊梁

夜

像极了成功的
剖腹产手术
咔嚓一声
一道闪电
把漆黑的夜
划开一道口子

之后
又裂口合拢
像极了伤口缝合手术

一晚上
我看着手术反复进行
我在纸上
冷静、客观、略带忧伤地
记录如下——
古老的黑夜
依旧什么也没有生出来

记录老天的公道

我身边有一个聋子
百分百聋
一点声音也听不见
人们都不与他说话
只有天上的雷不嫌弃他
在我们头上轰响时
也一声一声
在他头上响

认 识

不认识的人
见面多了
一个一个
就认识了

一个一个
认识的人
交往久了
有一天，连内心也看见了

认识的人
就
一下子
又不认识了

在孤独的大城市里看月亮

月亮上也没有
我的亲戚朋友
我为什么
一遍遍看它

月亮上也没有
你的家人眷属
你为什么
也一遍遍看它

一次，我和一个仇家
打过了架

我看月亮时
发现他
也在看月亮

我心里的仇恨
一下子就全没了

出了宾馆

一件衣服
往南走了
一件衣服
往北走了

刚才
这两件衣服
纠缠着，扔在
同一个浴室外面

现在
一件笔挺、庄重
一件雅致、严肃
看上去，像人一样，走开了

沈阳闲人

我用力拨开本城
八百二十五万零七千只人头
挤进里面
看他们正围观的
是哪一只蚂蚁

孝　城

清明节，满城的人
都出城了
去祭祖

城，空空的
仿佛一口
无人的棺

爱情的工作

爱情总是很忙
爱情整日的工作就是
把两个人变成一个人
把许多人捆成
一个个小家庭
爱情的工作就是一有机会
再拆散他们
重新组合，之后再拆散
爱情每天都在忙来忙去
直到把多情的人
变成无情的人
它的工作，也就完成了

在另一个城市的人群中

一个人
叫我乳名
吓我一跳

一个人
叫我绰号
吓我一跳

一个人
叫我网名
吓我一跳

一个人
叫我笔名
吓我一跳

一个人
叫我身份证号
吓我一跳

一个人
叫我刘处长
吓我一跳

一个人
叫我本名
我已不敢答应

坏人牌

每个人都说自己是好人牌的
但坏人的商标并没有堆了一库房没人要
每个刚从坏人子宫里爬出来的人
都被世上的好人一把摁住
给贴上了坏人牌

复活记

  家里暖气试水
  咕噜咕噜
  像我姥爷
  打呼噜
  一连串有节奏的呼噜
  真是我姥爷
  就是我姥爷
  只有我姥爷
  虽然死了都好多好多年了
  每年冬天前
  还会特意回来一趟
  在我家暖气里
  试试水
  热不热

复仇记

  怕忘了
  遂将仇人名字
  刻于剑上

  乘舟复仇
  因为激动
  中流失剑

  为了记住
  失剑之处
  舟上刻痕

至今，他抱着船板
带着刻痕
在世间找人

走路记

犹豫着该不该
来看你
一边走路
一边抽烟
一盒烟抽完了
我也到了你门前
你问我
走来的路有多长
我无语
若你还是要问
我就坐下来
掏出一盒烟
闷头抽完
并把二十支香烟的
烟灰
接连到一起
给你看

连通器的运用

在祖父遗像前
点三炷香
在父亲遗像前
又点三炷
这一晚
相框前

没飞过一只蚊子

第二晚
狡黠的蚊子又来了
不叮祖父
不咬父亲
专吸相框外的
子孙

利用这个传递容器
成功地将其祖其父
之血
吸了一些去

水开了

水开了
开始跳动
开始狂躁
开始发热，发烫，发烧，滚沸
水开始火车汽笛一样地
粗声叫喊
杀猪一样拼力嚎叫
哦，水开了
仿佛整个人间的愤怒
都在水里

但我知道
只要不搭理它
过不了一会儿
它就会慢慢烧干，蒸发掉
或者凉下来

珍妃的旅行
（珍妃，光绪帝妃子他他拉氏，被慈禧太后投入井中溺死。）

零岁，进入户部右侍郎长叙妻腹

两岁，进入裹脚布

五岁，进入旗袍

十岁，进入紫禁城

十三岁，进入官轿
进入皇宫

十四岁，进入光绪帝被窝

二十四岁，旅行结束
到达一口井底

我的敌人

春节到了
敌人上街买菜
买了猪手、牛腩、黄鱼和乌鸡
太贵
换了小一些的

端午到了
敌人上街
定做粽子
居然还买了一束白菊花

给他病故五年的妻子

生日到了
敌人上街
遛狗,喝茶,故意晚归
因为没有人给他
过生日

中秋到了
敌人上街
带着狗,买回月饼
回家喝红酒,喝得好慢
等女儿从外地打来电话

他是我的敌人
我和他竞聘
我在街上常看见他自己散步
他头发全白了
当他在人群中,不是敌人

轻松的戏谑里布满雄浑的击打之声
——读刘川的诗

/ 张德明

近十年来，我对当代诗歌中的口语写作有过不少的批评，这在诗界是为许多人知晓的。不过，我从来没有全盘否定过口语写作。不仅没有，我还坚持认为，好的口语诗歌，其艺术质量和精神价值，丝毫不亚于依仗隐喻和象征修辞的意象诗歌，因此也是值得充分肯定和大力提倡的。不过，口语写作对诗人提出的要求是极为严苛的，他需要诗人同时兼有洞察世界真谛的锐利目光和将语言的诗意潜能发挥到极致的表达能力。而这两者，不是所有的口语诗人都可能具备的，但在诗人刘川那里却表现得相当突出。刘川的诗歌属于典型的口语写作，但它又以富有机智幽默的语言构造和富有思想力度的精神内涵，与市面上流行的那些只是局限于抖机灵和玩脑筋急转弯、仅仅表达一点小感受和小情绪的口语诗歌明确区别开来。

将当代诗歌划分为口语写作与非口语写作的不同类型，这只是我们认识其表达类型多样化的权宜之计，并非是一种客观和科学的诗学认知。甚至可以说，当代诗歌的语言构造其实并不存在口语与非口语的二元区分，只是存在好诗与坏诗的分野而已。好的诗歌，不管是口语写作还是非口语写作的，都应该是具有迷人的精神气质和充沛的思想含量的诗歌文本，它必须与社会现实、宇宙人生形成强烈的对话与呼应关系，必须具有反思与批判的力量，闪烁着人性的辉光，同时，在语言的运用上又显得简练精确，具有饱满的弹性与张力。

正是按照这样的诗学尺度，我开始细致阅读刘川的诗，希望在那些朴素明了但又意味无穷的分行文字中，找寻到期待中的震慑与感动。刘川没有让我失望。他的诗歌仍旧以鲜活的口语为基本的表达语式，文字显得轻松自如，字里行间往往流溢着调侃与戏谑的情绪色调，时常让人忍俊不禁。而那调侃与戏谑的语言机智里，又始终充满了气势和力量，它绝非是对世界之样态的简单化戏仿，也不只是对自我的无意义自嘲，而是蕴藏着反思和批判的力度与锋芒，体现着对现代人的生存窘境与人类的未来命运深感焦虑不安的思想内涵。也就是说，刘川的诗歌在轻松戏谑的语言阵势中，始终密布着敲打和叩击社会历史与宇宙人生的雄浑之声。

在当今碎片化的历史语境下，五花八门的各种人文现象纷然涌现，时代的精神格局处于变幻不定的状态之中，现代社会着实充满了复杂性和多变性。而瞬息万变、纷纭繁杂的社会现实，迫切需要有心的人们以明察秋毫的机敏眼光去及时摄取，加以深度的挖掘和理性的剖析，并用文字的形式进行物化和定型，才有可能让当代社会在历史的坐标系中留下深刻的精神印痕，从而能给后人以更多的生命昭示和文化启迪。刘川的诗歌，大多立足于对当今时代中的各种社会现象的细致观察和敏锐发现，通过诗人心灵的过滤与理性的审视，而凝练成富有意味的诗化文字的结果。短诗《在通往火葬场的路上》是对一种特定生活现场的巧妙复述，个中意味令人深思：

> 我拦住一套西装
> 一套中山装、一套牛仔装
> 一套文雅、漂亮的连衣裙
> 衣服们，你们这是去哪儿
> 我们去把肉体运到那个火炉里
> 倒掉

对于"火葬"的诗化演绎，在百年新诗史上虽并不多见，但也不乏优异之作。台湾诗人纪弦曾如此写道："如一张写满了的信笺／躺在一只牛皮纸的信封里／人们把他钉入一具薄皮棺材／复如一封信的投入邮筒／人们把他塞进火葬场的炉门……／／总之，像一封信，／贴了邮票，盖了邮戳，／寄到很远的国度去了。"（《火葬》）将一个人火化死灭这种悲惨的生命之事写得如此轻松妙美，既表达了对死者的告慰，也可使活着的亲人内心的伤悲因之而减弱一些。刘川则选取了"去火葬场"这个动态过程来表现"火葬"的场景，从一个独特的角度来揭示火葬仪式中的生命意蕴。我们知道，去火葬场的过程，是活人向死人告别时走的最后一段路程，可以想见，亲人离世并很快会化为骨灰的残酷现实，必将会让送葬者的内心被悲切和沉重所填满。在这首诗里，诗人并没有直接描写送葬人数之多、送葬仪式之隆重的细致场面，而是以各色衣服的出场代替男女老少各种人物的出场，以对话的方式，来解构送葬仪式中的严肃感和沉重性。其实，所有的送葬仪式，无非是死者的亲属做给旁人看的一场戏，因此其中必定充满了对死亡具有不恭色彩的表演性，而诗人要讽刺和批判的，也正是这种与生命本身无关的表演性。这样的讽刺和批判，尽管可能会有些"不近人情"，但又是无比深刻和犀利的。同时，我们还要注意的是，在诗歌题目的设置上，诗人有意将惯常书写为"火葬场"的词语，写成了"火葬场"，以此强调人体火化与工业文明时代的流水性技术的内在关联，也使诗歌的讽刺和批判力度得到了极大的提升。

"异化"，这是现代社会通过对个体的不断规训而形成的人们灵魂扭曲与精神变态的非自然情形。在物欲横流的现代社会，人们的价值观念已经被物质化的商品浪潮所洗刷，再加上各种制度性力量的规约和强化，人的生命本性往往会不断流失，而社会属性在一步一步地增强，从前鲜活生动、个性卓然的自然人也慢慢被改造成社会人，乃至于成为与其他人没有差别的类人。刘川《这个世界不可抗拒》一诗，就对现代社会空间中的将人"异化"的残忍现象进行了深刻的揭示和无情的批判：

> 世界上所有的孕妇
> 都到街上集合
> 站成排，站成列
> 我看见了
> 并不惊奇
> 我只惊奇于
> 她们体内的婴儿
> 都是头朝下
> 集体倒立着的
> 新一代人
> 与我们的方向
> 截然相反
> 看来他们
> 更与我们势不两立
> 绝不苟同

但我并不恐慌

因为只要他们敢出来

这个世界

就能立即把他们

正过来

当一个人还处于婴儿时代，他与这个世界尚没有发生真正的接触与交流，其真实的生命自我还有幸被保全着，这个即将来到世上的"新一代人"，与成人世界还保持着极为明显的差异："新一代人 / 与我们的方向 / 截然相反 / 看来他们 / 更与我们势不两立 / 绝不苟同"。不过，一旦他降生于这个世界上，他就会接受各种规矩和制度的教育与改造，其生命"异化"的状态是迟早会发生的。这正是诗歌的最后几行所具有的深意："但我并不恐慌 / 因为只要他们敢出来 / 这个世界 / 就能立即把他们 / 正过来"。

现代人的异化，突出地表现为物质欲望的疯狂追逐与尽可能满足，由此造成精神世界的空虚以及个人主体性的丧失。这种异化现象，在刘川的诗歌中屡有表现，比如《人们身上全是名牌》《链子记》等等。前一首主要描述人类在消费欲望的支配之下，以崇尚名牌、炫示象征资本为生命追求，丝毫不顾及个人精神世界的缺如与空疏。全诗为：

这群人身上

全是名牌

衣服、裤子

背包、手链

领带、袜子

手机、相机

手表、裤带

内衣、内裤

护肤品、香水

发胶、口红、指甲油……

总之，他们身上

全是名牌

这些名贵的牌子我全认识

这群人

我一个也不认识

衣物名牌，作为当今之世的一种流行的文化符号，也构成了当代社会的某种个人实现与价值认同的重要媒介，因此，诗人说"这些名贵的牌子我全认识"，应该是一种实情表白。这首诗最富意味的是结尾两行："这群人／我一个也不认识"，旨在说明：满身的名牌，毕竟都是外在的表象，一个人的真实身份与存在价值有多重要，最终取决于他是否拥有强大的个人主体性和丰富的精神内涵。

在当代社会，随着现代化和工业化程度的日益加深，人类将面临越来越多的困难和挑战，环境污染、生态破坏、能源短缺、垃圾信息过剩等等，都是威胁着人类生存与发展的严峻问题。对于人类面临的各种挑战与压力，诗人或许会比普通人要更敏感一些，他们也常常以艺术的形式将这些严峻的形势与问题呈现在我们面前。在《一到阴天，我就会想起矿工》一诗中，刘川这样写道：

天上乌云越积越厚

看上去

像一个煤层

连续半月阴天

我天天头顶这个

巨大的煤矿上下班

……

环境污染，生态破坏，这是工业化进程不断加快下的必然产物，工业文明是一把双刃剑，它会让人类在短时间内赚取到丰厚的利润，但人们在收获利益的同时，也必定会付出惨痛的代价，水、空气、食物等的质量受损、污染严重，便是这惨痛代价的鲜明体现。诗人以矿工体验的特殊方式，将自己在污染的环境之下生活和工作的糟糕心态加以形象地揭示。这种带有调侃与戏谑的语言表达，看似轻松随意，实则沉重而震撼，其对时代的击打强度和发出的声响丝毫不输洪钟大吕。

人在现实中行走，生活，生存，总要面对各种复杂的情形和状况，由此必须处理好各种各样的关系。这些关系简单地说其实就是两种类型，一种是人与人之间的关系，另一种是人与事（物）之间的关系。刘川在自己的口语诗歌之中，也用简练的笔法述说了人对这些关系的处理，并在处理关系之中将现存社会的法则和人类遭遇的某种生活困惑与精神困境形象地揭示出来。《出了宾馆》一诗以衣服写人，显得机智幽默：

> 一件衣服
> 往南走了
> 一件衣服
> 往北走了
>
> 刚才
> 这两件衣服
> 纠缠着，扔在
> 同一个浴室外面
>
> 现在
> 一件笔挺、庄重
> 一件雅致、严肃
> 看上去，像人一样，走开了

这首诗表面看来是借助衣服来呈现人的不同性格类型，实则是形象地折射着人与物之间的相互关系。俗话说，佛靠金装，人靠衣装。事实上，衣装也靠人，同样的衣装穿在不同的人身上，就体现着不同的形象特征，就显出不一样的精神风貌。刘川的诗歌有一种惯用的策略就是，尽管他的作品意在呈现某一类人的精神状况和性格特征，但往往不直接写人，而是主要写物，这些事物既包括动物（如蚊、蚂蚁、猪等），也包括生活用品（如衣服、项链等），这种以物写人的诗学策略，既有效减弱了诗歌的抒情色调，使情感的表达显得更为客观和有效，又凸显了诗歌的现实针对性，从而使其现代性特征得以强化。

人与人的相处，是一门深奥的学问，这不仅因为每个人的内心世界都是一个无法让别人完全通晓的黑洞，所谓"人心隔肚皮""他人即地狱"，即是此类情形的形象说明；还因为人们的情感转变与内心波动是频繁发生着的，因为语境的改变，因为时局的迁移，我们对别人的理解又得相应地有所调整。恰当处理人与人的关系，在我们的生活中是如此关键，它直接影响了我们生活的质量，也是我们的事业和工作能否顺利展开的重要前提。刘川的名作《在孤独的大城市里看月亮》

就是对人与人之间如何和谐相处的一种具体诠释：

月亮上也没有
我的亲戚朋友
我为什么
一遍遍看它

月亮上也没有
你的家人眷属
你为什么
也一遍遍看它

一次，我和一个仇家
打过了架
我看月亮时
发现他
也在看月亮

我心里的仇恨
一下子就全没了

　　两个人因为仇怨而打过架了，这就已然构成了一种尴尬乃至糟糕的人际关系，但干仗之后，两个人竟不由自主做了同一件事，那就是抬头看月亮。看看月亮，望望星空，就知道宇宙时空有多浩渺，而生活在地球上的人类又是如此渺小，如此微不足道。与浩瀚无垠的宇宙时空相比，人们之间随起随灭的爱恨情仇又算得了什么呢？这样一想，一个怒气冲天的人，也就内心释然了，心中的仇恨也就"一下子没了"。

　　刘川的诗歌立足于对现实的观察和思考，但他从没有停留于对现代社会与现实生活的简单描述和单向度反思的浅层次上，而是常能透过现象看到更本质的东西，从而以更为深层的精神剖析来实现对现实社会的更理性观照。比如对现代工业文明和加速推进的社会现代化的客观审视与冷静反思，就构成了其诗歌体现出较为高远的精神指标的一个重要方面，我们可以《拯救火车》一诗来说明：

火车像一只苞米
剥开铁皮
里面是一排排座位
我想像搓掉饱满的苞米粒一样
把一排排座位上的人
从火车上脱离下来

剩下的火车
一节一节堆放在城郊
而我收获的这些人
多么凌乱地散落在
通往新城市的铁轨上
我该怎么把他们带回到田野

"火车"是现代工业文明结出的一大硕果,它的出现,有效提高了人们的行走速度,也极大拓展了人类的生存空间,并让城乡之间的物理距离看起来似乎缩短了许多。不过,火车并没有从根本上解决城市与乡村之间的隔阂与分歧的问题,反而不断加剧乡土中国的存在危机。诗人写下的最后一节诗行:"我该怎么把他们带回到田野",其实就是内心深处涌荡的为乡土中国正在不断瓦解与分化的现实窘境而深深不安和焦虑的情绪写照。这种焦虑与不安情绪,本质上说正是诗人一直心怀的现代化之忧思。

总而言之,刘川的诗歌常常以举重若轻的方式来处理问题,凝练情绪,折射情感与思想。从语言的使用上看,貌似轻松写意,仿佛信手拈来,并无格外的打磨工序与修辞化处理的痕迹,但从内在的主题上看,又是锐利和深邃的,体现着对现实社会和宇宙人生的深度审视与理性反思,有着思想的锋芒和精神的质地,其所具有的美学价值和人文意义是相当不俗的。

造　物

/ 隆莺舞

隆莺舞，女，壮族，1993年生于广西靖西。诗歌见于《扬子江诗刊》《星星》《诗歌月刊》《长江文艺》《广西文学》《汉诗》等刊。现居贵阳，供职于《山花》杂志社。

造　物

在一只破碎的碗里
养一只小小的龟
给它造条河
造两堵泥岸
河中有叶舟，它往返对岸总是那么容易
给它说一岸是生
一岸是死

从生至死——它都不必担忧什么
梦里它听懂了！
我醒来时看见它逃窜
从碗的破口处。然而
一只从天而降的手，捏起它
往回提

之后我旋转自己的双手，反反复复查看
它们让我觉得有些陌生
或者我运用了一次它们隐含的"陌生"？
两只手，垂下时像两岸
围住我身体里不停息的河

我是创造了一种爬行
我是创造了爬行需要的一切条件
也创造了爬行有可能出现的意外
以及意外之后的合理

我思忖，我发笑
最后我创造一小点驮着硬壳的懵懂
令以上的一切

显得合理

照　镜

十二月二十五日筑城灯光璀璨
其他城市正要下雪
雪夜来临前的两个小时
一位外卖员点了一份外卖
他有腿伤，他留在窗前打算看看雪

雪夜来临前
的一个小时
他接到电话：对不起。可不可以加你微信
我把你的餐钱赔给你？
这个电话让他从窗前走开
到卫生间去照镜子

镜中他的脸，懊悔又害怕
一丝欢喜还未来得及完全褪去——那来自
女儿的消息，像云雀：今夜有雪？
筑城很浪漫。
他看见自己在巷子口摔了一跤
配送的饭菜撒了一地。手肘冒血

他看见自己给自己打电话，向自己道歉
他今天的一半收入即将赔给自己
他犹豫着，艰难地思考着
尽管他看见自己满身泥泞蹲在自家的巷子口
皱着眉，考虑着，犹豫着收下了
转账来的二十块八毛钱

他看见自己穿越雪花回家

给自己发去消息
一种安慰和提醒：雪天路滑，小心行车。

赶时间

那时候
我跟爷爷说起，在梦中
我常常毫无预兆地拥有
一条龙船
爸妈和哥哥划着船
我是鼓手
爷爷浑身僵硬，似乎变身石头
立在船头发着玉的光芒

大鱼跳跃上来轻轻亲吻你，而不是我们

当时是休息日——很久以前的
阳光照着摇椅，爷爷早就动不了了
爸爸把他抱出来，妈妈擦拭他的手脚
哥哥在我们旁边读报纸
先是一首小诗，然后是寻亲启事和讣告
我在说着
我的梦

如今我还在说着
而我的家人忙忙碌碌
许多事情不得不做了减法——
减少抱起；马虎擦拭；收音机代替了朗诵
我依然拥有一条龙船
爷爷不仅僵硬，而且瘦长
他已是我们座下那条船
大鱼的亲吻在水里的暗处发生

就这样，我们各自使劲，逐着时间
划向越来越浓的河雾里
终点在身后，还是已被一再地推远
谁知道呢？

传　猫

你问我还记得什么？有什么要说？
我记得我那年二十九岁
抱着奄奄一息的老猫走在公园里
走到天黑
后躲进一个摇滚现场
我的猫，在人堆中，皮肉竟越来越热
可是它将要走了，在这个世上唯一带走的
是我的眼泪
我多想让狂欢的人群接过它
抱着摇一摇，一个接一个
传递下去
我们如何对待一个可爱婴儿
就那样对待一只濒死的猫吧
当它再传回我手中，躯体已经冰冷
我想我并不害怕，就像你此刻一样
我看人们摇头晃脑
看人们继续蹦跳
就像你此刻
耳中响着楼下烧烤摊的酒杯碰撞声

猫最后的热量是被他们取走的
那一群热爱音乐的人
制造着无与伦比的生的热烈
他们的身体如你现在托着我的手那样

滚烫
猫和他们交换到了什么？安然若睡
我不知道。我爱这当下的一刻
你势必也会爱上

黎明似猫步
悄无声息到来

这是一个将死之人所记得的全部
我的孩子

笑　点

笑点低却会跳舞的女孩们一起
走进警察局
站成一排
和诓了她们钱的开舞蹈班的骗子闲谈
骗子坐在那里
推说自己是代替妻子被传唤过来

他们开始谈，有一只软软的壁虎
爬在他们的头顶。两个一模一样的
黄头发女孩冲进来，而警官在大口吃晚饭
天还亮着骗子就坐下了，女孩们站着
围着他

现在天黑了
他们在谈
她们不得不听听他的创业史
因为他们在谈
偶尔停下来，却尴尬又静谧
听着两个黄头发女孩被骗的经历

她们才开始说，让他还钱

趁着他喝水的间隙
那只壁虎爬到了另一头
尾巴甚至碰到了从口供室出来的女孩的黄头发
红脸骗子半天憋不出一句话
他卡卡顿顿地讲了一个笑话，这些天真
而笑点低的女孩堆中
爆出了笑声
好像波浪从旋涡中翻滚出来
翻遍了整座海

那只壁虎在高空看海浪翻涌
每个女孩都短暂进入过它的身体
看过某朵短促的浪花
它的尾巴轻轻触到
那荒诞也合理、艰深又难解的海啊
它的尾骨疑惑水为何竟带些温度
而轻轻摆动，在女孩们的头顶

沼泽地里的狗窝

拥有一条金毛犬的女士执意要
在沼泽地铺个窝
让狗子在上面繁衍

这也不难。她把狗绑在竹竿上
捅过去。每天把狗粮捅过去
过几天
忙着四处找来一条母狗
也捅过去。过程中
她是世界上最快乐的女人

慢慢沼泽地带着她施加的重量下陷
一对金毛犬扑腾着
向她冲过来
一手抱着一个,这位女士
突然被撞倒在沼泽边沿
问起了生活的本质和意义

安静的物体划出名字

一生当中登上的第一个岛
总有一只还活着但不开口的海星
一块没活过也不开口的石头
我命海星和石头聚在一起
实际上是把海星捡起来放在石头边

他们安静,我感觉在收拢同类
孤鹰飞过看见我,看见大地像一张桌子
我们聚在桌子上,用树枝划来划去
因为我们画下名字,放进大大的爱心中央
它看见我们签下了关于很多
很多很多的协议
却不会说我们是在游戏

活到头了,孤鹰就如弓箭
落到我的沙滩
重重印下它舒展的身体
永远有另一只孤鹰
飞过,看见我用树枝划来划去
我在加深那个印记啊只是在加深
我解开落鹰脚趾上绑着的纸条
我的名字就在上面但丝毫没有给我

带来任何震颤
我认不出
我画下它，在我画的所有静物旁

恪　守

父子俩几十年如一日地恪守
到草坪上玩耍的时间
下午四时十一分
厚厚的玻璃外面是一个男人
领着另一个男人
在踢一个绿色的瘪了气的皮球
显得健壮、天真
宛若孩童
后来不知是什么把更老的那一个剩下了
他变回一个父亲该有的
沉默和稳重
每天到那草坪上
直直看着回避他目光的
玻璃内健康如常人的女儿

夕阳还在，战斗或伸手

去看
一支死亡金属摇滚乐队演出
主唱嘶吼大叫，累了温柔低语
疯狂的观众
被一声令下，她说
我们来玩个死墙
人群从中间分开，再从两边撞回中间来。
他大叫，单立一条腿要去拼杀，
那是一场欢愉的战斗

我后退在阴影里看他笑
竟想起我舅舅在酒桌上
把对方喝倒，同样的他单腿直立
红着脸大叫——
一场欢愉的战斗

男人们就是这样想象世界？
他们在人群中把腿撞瘸，我这个陌生女人
把手给他。拉他起来，送他至门外的诊所

男人们就是这样
舅舅喝倒了。一个他至亲的女人
至今还在清扫酒桌下的酒瓶碎片，把手给它
送它们出门——往往是傍晚
夕阳还在。
我就这么听许多女人说，出门吧，夕阳还在
就这么把手
伸了出去

剪

我总以为虚空当中
有一种黏稠
需要我
抓起剪刀去剪
这剪刀，夜夜像我的婴儿
我们躺在被褥里
一双颤抖的手指挥它
朝空气剪去
我们制造了缓慢的"咔嚓"声
我们在爆破

围墙。软乎乎的黏稠之墙

朝他剪去,在噩梦
未醒时。他死去了,而我渐渐辨出他

他不是别的什么人,他教会我
使用剪刀,这技艺使我们免受许多生活的苦
他死去了我总以为他在空气中
梦到他了我就挥起剪刀确认

妈妈的讲述

怀着我时她想去养老院
替我外公物色
一个房间
当时我们站在家门口
等待出发

她双手轻轻拍我,隔着肚皮
讲述时问我有没有记忆
关于那个艰难的抉择
一个单亲妈妈
肩上还背一个大大的帆布包
总是如此,她一个人
不停地置办和清扫,在我和她
都没有兄弟姐妹的年代

等待时她旁边这位老者
一直扯她的帆布包
问妈妈,总是一个人吗?
陌生的姑娘,你一定很辛苦!

她无奈点头回应
这位认知退回孩童
忘记一切的提问者,我的外公
被我妈妈留下,成了我的兄弟

此后每天他陪我玩耍,把球抛到天空
一度触摸到太阳、群星,高飞的大鸟
最后带回些什么
落在我手上
当多年后我也和妈妈站在家门口
等待出发时

非神话

我在楼上打开窗
看着你的丈夫
跟在你后面上楼梯
我有一天经过知道他在读
那个著名的推石头的故事
他不越过你,也不看你膝盖以下的空
他甚至悄悄的,都没有什么声响
他推着你往上走的那股力量无形无色
只是他青筋暴出
我研究他这么多年,不知道他在想什么
我关上窗下楼
你已经往下,在楼梯上
挪动
那不是一颗石头的滚动
更像心的跳动
我不越过你,也不看你膝盖以下的空
你丈夫在你们的屋门前炒菜
我经过,他知道我在读那个著名的

推石头的故事。

麻椒的短暂制衡效果

我们去重庆，穿楼而过坐在巷子里
吃麻椒，我嚼了两粒
而你看我咽下
其他的如密麻人儿漂浮水上，在你那碗里
我们说好在重庆，轻轻品尝，重重咽下
不是你这样观我脸红
再看它们在你的汤里集队
不是我们挤进地铁
我因麻椒而头晕生幻，摊开双手
你称赞我现在平衡且可爱
不是这样
我们要面对面坐着，一起咀嚼
一起咽下
我们都从肚子里出来知道那里温暖安全
让麻椒进入血液，让我们头晕
让它们勾起我们怀疑老板往汤里加入了迷药
让我们互骂：看那么多爱恨情仇的故事
只会生疑
之后才慢慢的，它的作用也像它的躯体一样消失
于我们体内
我们醒了，两位上帝
度过一场虚惊之后决定挽手归家
——今日，不捡垃圾桶里的瓶罐

烟火骤降

我们常常困惑为何
在桥下驻家

的这几位
总是男性
我们铺出睡袋
那样睡上一晚
之后就是一周，一年
乃至一世

当一位母亲抱着发烧的幼儿深夜匆匆
从我头顶的桥面走过
眼睛焦急寻找医院
那个时点醒了我们就是在凝望月亮
我们各自寻找和观望
的烟火，这么不同

假设灾难来了，我那么思索，看着
远去的凄冷的背影
——啊，深穹突然骤降烟火在月亮边上
假设需要我为远去的她们拼命
那我会的，我那么思索着，躺着，看着
2022 新年已至

野　花

我开在屠宰场的墙角
我有白色的朋友——
一些巨大的猪，常跃出墙来
摇尾嗅我

我也看见它被抓回去
听见我父母的刀落在它身上
闻见血腥味了
我就嗅一嗅自己

我开在墙角，我也走进学校
把 16 分的考卷拿回家
我不听父母的怨与斥，他们要我
不再走进校园

我把我自己摘下来别在我耳边
我用我掩饰我身上的血腥味
我令我自感漂亮了些
我走在校园里
一遍遍嗅着，分辨着
自己的气息

大水餐馆

那位先生要看看
我的微信收藏夹里
藏有什么宝贝
那位先生的收藏夹空无一物
那位先生，不相信
世界发过大水
我们曾躲在葫芦里漂啊漂

我有，一个，短视频
打开，给他看：
大水漫进餐馆，淹没食客的膝盖
没人离开，那位先生看着
微微的，睫毛动了动，喉咙动了动

又看见穿皮鞋的把脚蜷在凳子上
老板放了一打救生衣在前台
人们啊……还在笑聊，用手拨一拨水！

那位先生拿着我的手机
走来走去，替食客着急

餐馆角落里有两个人，不说话，
一心一意，互相对视
桌子像一面大叶子
他们像两滴溅上来的浊水
暂时不会掉落
那位先生停止走动，耐心看完
把这汪侵入人间却烈度有限的大水
收藏进自己手机

那位先生哦，从我的身体剥离
躲在葫芦里漂啊漂
同我对视……

关闭手机，闭眼，是我想出来的大水
打开手机，连我也想不到人们会这样应对大水

作　品

夏日的屋里坐着我的朋友
早上我邀他俩来品新购的酒
我们喝了
一个白天
我们平日都写点诗
自称诗人（在喝醉时）

我说我们现场作诗吧，他们没应答
我想起来了，这两人赋诗时
一个得有个好环境：打开仿夕照灯，脚踩仿真草皮，点檀香
一个得待在瘫痪的母亲房里，聊上几句后，才能开始写

我摇头走到门外,在楼下那株仙人掌前
开始写我的,写一阵,就把耳朵贴在门上听,再写一阵

带着完成的诗篇,我走进室内
心中庆祝着:我哎,又成功活到了写完当下这首的
这一天
我想再喝点儿,敬这天赐的完结
敬这完结所带来的一时的清爽和空无
——却又停住了取酒的手
我想起我的朋友,他们为何需要那样,才能下笔?
像个对着镜子演练的执拗戏子,演的就是脑中的诗人!
活在一篇写不完也不愿意写完的悠长作品里

我坐着,盯着飘窗上的两只麻雀。外面天澄如酒
美景似醉。仿佛清醒又机警的它们,何时冲天而去?

神　谕

　　杀鹅小队在后厨看着
　　老板的儿子每天
　　冲进来救走一只白鹅

　　他走出烧鹅店
　　穿过人群、冬日
　　街头供暖的火炉
　　躲进与烧鹅店一墙之隔的游戏厅

　　老板娘跟着他穿过人群、冬日
　　火炉,穿过游戏厅的疯狂舞蹈机
　　疯狂曲棍机
　　疯狂

赛车城
找到他,陪他待在墙角
背贴墙面

他们喂鹅吃杂粮饼干
他们也吃
杂粮饼干
隔壁厨房杀鹅小队的刀刺入
那条软软的脖子前
都手放额前,默念
往生咒。"愿你们有个好的来世。"

厨房世界有了几秒的静谧
他们听见
那边母子在墙上轻叩,鹅嘴在墙上欢啄
仿佛来自另外世界的某种回应,每一天。

之后才是刀落案板
游戏厅喧嚣

嘶　吼

迂回河岸轻采一朵公共的樱花
过地下通道驻足白木马前
让那些在地下室修理手机的小男孩们
做我的生意
贴膜,用酒精给屏幕上我女儿的笑容消毒
嗓子也该清理(它有了厚厚的茧)
但不是用消毒水,在24小时便利店
我买下一瓶刚从货车上卸下来的水
今天,我的嘶吼周年纪念日
我有权

用新水去安慰我的喉咙

被我吓到的那位上夜班到现在的女店员

黑眼圈像我女儿

我忘了，我是一位母亲（不照看儿女）

我雇用我自己，来到这栋大楼前

每天喊上八个小时

我说今天是周年纪念日

这意味着这件事将继续下去

我口中喊着那个人的姓和职务

我想问什么

我想反映什么

我想记住所有

微小事物充盈我那年的生活

诸如樱花、白木马、一瓶新水

而大事悬而未决

我在嘶吼

梦想达成这一天

草原上空无一人，有家医院
燎原的欲望
因为医生到来而沸腾。他独自坐在
医院门前，白大褂上印着父亲的头像
一个老中医，生下来是为了将
家族医术发扬光大。
但他死了

医院里空无一人，医生独自坐在
医院门口。
或许该等待一个病人
他满脑子想的是带她去荡
一个漂亮的、整个下午的秋千

敉平的情感与世界的寓言化
——读隆莺舞的诗

/ 楼河

显然，隆莺舞是个内容重于形式的诗人。尽管，隆莺舞在这些作品中向我们呈现了长短变化极大的诗行，但这些不同的语言节奏都被一种相似的情绪节奏所规定，它懒懒的，仿佛缺乏热情，却又细致地深入事件的内部，不厌其烦地向我们描绘她遭遇的世界，以及她对世界的理解。在我看来，这种懒懒的情绪节奏是诗人的独一，应对着世界的复多，其中的分裂就是诗歌生发的地方。很大程度上，这其实是今天的世界所面对的景象，技术与经济的语言试图将这个世界齐一化，但观念在这种被统合的压力中反而迸发出更加强烈的差异性，进而在表面的协作中向每个单一的个体注入更深的孤独。对于这样的孤独，诗歌作为诗人的存在方式有多种因应：分析以解答的，呼吁以拥抱的，质问以反对的，适应以赞美的……这些方式无疑都将世界的这种孤独视为一种难题，并将自我与之紧密地联系在一起而期望着重新调整彼此的关系。我认为隆莺舞对此采取了另一种策略，这种策略在诗歌中并不常见，却是今日世界中日渐普遍的策略，一种并非积极，而是相对消极的策略，即：强化自我的独一性，将孤独客观化而不是让它成为个人情感上的死结，以此应对世界复多性的变化。换言之，通过对情绪的冷处理，我们在相对性的旁观姿态中更轻松地应对了世界与自我的分裂造成的压力。因此，对我来说，隆莺舞具有一致性的懒懒的情绪节奏，背后其实是一种情感的疏离。在诗歌中，以疏离的方式处理情感问题其实是一种常见的手段，但对于大多数诗人来说，疏离其实是为了压缩情感，以让后者呈现出更大的强度，但在隆莺舞这里，疏离是一种敉平，敉平情感上的峰谷，向着一种平淡甚至不乏冷漠的心境归拢。事实上，在某些时候，隆莺舞的疏离策略同样具有压缩情感的意图，譬如《照镜》这首诗，当我们将它理解为一个外卖员在工作中遭遇的一次痛苦经历时，我们会把作品中的客观化的语言视为对这种痛苦的凸显手段——他摔倒了，在镜子里看到了自己手肘上的血，而隐身的作者看到了他在镜子里看着自己为了生活而奔波的这个伤害。然而，当诗歌在第四节加入幻想中的镜像视角——外卖员想象自己是一个等待收餐的顾客——而陷入思维的忙碌时，实际上就挤压了对这一痛苦经历进行回望和感受的时间。换言之，一种在世之烦蛀空了主体对自我的感受。在这里，对自我进行怜悯的悲伤因此被消灭在萌芽阶段。自然，我们完全也可以站在一个同情的角度认为这种无暇关照自己的烦忧恰恰加深悲伤，使它变成一个未来的痛定思痛而启发出对自己充满悲伤的爱，但我们至少可以肯定一点，即使悲伤加深，这首诗的节奏也规定了它不会导向一种激烈的情感反应。换句话说，这首诗所包含的情感始终是种平滑的状态，它甚至接近了稳定，并没有对世界提出要求。

如果我们认为诗歌作为一种文学形式会将戏剧化当成重要的表现，那么这种以敉平情感为目的的疏离策略，便不是诗歌中的普遍方式。但当我们跨出诗歌类别，进入具有文化意味的其他当代艺术中，我们会发现这种叙述语调和观看视角在电影、小说、绘本，甚至一些商业广告中不乏踪迹。这或许能让我们得出这样的结论：疏离是对当代世界的普遍性应对方式，它构成了自我主体性在世界的系统化过程中的保存甚至显露——但不是抗争的样式。这是一种轻盈，它因应了系统化的坚硬，正如柔弱和残缺克服了刚强与完美对世界或个体造成的压力。从社会语境上来说，这种疏离形成了一种品味感，在矜持中划出了个人与社会的边界，突出了主体的独特性，并以这种独特性而不是含义不明的群己权界避免个人领地遭到侵蚀。从这个意义上来说，品位感也是隆莺舞诗歌独特性的内容之一，而矜持作为品味的一种性质使内敛的情感在应对世界的复多时反而显得更加任性。我们可以看到，戏剧性的张力是隆莺舞诗歌极力化解的对象，而化解的手段之一就是对任何诗歌主题采取轻松随意而不是严阵以待的态度。在《笑点》这首诗里，受骗的女孩在警察局里面对骗子的时候并没有表现出义愤填膺的情绪，相反，她们在骗子极不熟练的表演中反而感到快乐和秘密的同情。对于这首诗来说，内敛的品味感对戏剧性的消解实际上是种世界的真实，消除了我们对世界的刻板认识：不论受骗还是欺骗，都在"笑点低"的性格中达成某种谅解，进而浮现出作为人的共同而平常的特质。从文本上来说，矜持对情感的克制实际上也意味着品味克制了诗的节奏，而从作品内容上来说，品味则会构成一个属于它的中心，因此我们会发现了隆莺舞的诗无论是在形式上还是主题上都不主流，构成对体制化诗歌的偏离：诗的形式并不服从主题，而是遵从一种主体情绪。品味感与戏剧性对于诗歌而言并不属于相同等级，后者通常是写作中的手段，而前者如果变得强势就会成为诗歌的目的，从而降低诗歌主题的强度。比如《夕阳还在，战斗或伸手》这首诗，在性别理论上它内含着重大意义，当我们将"战斗"与这种理论联系，很容易升高诗歌的音量而导向激烈的批判意识，但隆莺舞显然对这一主题持有更轻松的态度，她让诗歌在一种意境化的感受中结束，从而使"战斗"停留在对男性的幽默理解中：它是一种可以取笑的肤浅的雄性特质，但也因为这种肤浅而成为可以亲近的对象。换句话说，品味感对于隆莺舞的诗歌而言，是在内容上创造了一种可能，让孤独与亲近的矛盾性情感在作品中并行不悖。某种意义上，这意味着疏离的姿态为情感的敉平让出了空间。

从心理学的角度，品味感——它实际上是种写作的趣味性——意味着一种对世界的回避姿态。当我们以独一面对复多，并且这种独一是种轻盈的时候，我们很难说自己是在勇敢地面对世界。独一的稳定性被我们规定在自我心理的承受范围里，并且用它来解释世界的真实，那么，对情感峰谷的敉平，实际上就是在神经系统里释放了抑制剂，有限地开放了对世界的感受。换言之，理性被限制在预设的感性中，而这个预设在隆莺舞这里具有保护色彩。不过，这样的认识显然属于保守主义立场，开放地看，情感的激进并不必然意味着写作的激进，当诸多诗人都以热切的态度因应世界的时候，收敛地旁观这个世界，并在世界系统化过程中以防卫而不是对抗的方式保存自己的内心，反而在普遍化的强硬对抗中显得不可多得。

在我看来，隆莺舞意识到了写作的品味化对诗歌主题行进的阻滞，她用另一种有别于认识论的方式对作品的强度进行了深化，这种方式就是世界的寓言化。那些曾经被认为是生活中的戏剧性场景的世界之偶然被抽取出它具体的内容和情感，而将它的结构改造为比喻，从而对我们形成一种启示。换言之，在这种方式中，诗歌越过了它内含的自然系统和认识思维，直接进入人的精神维度，某种程度上甚至触及了终极层面。实际上，如果我们排除偏见，会发现隆莺舞的诗歌中对经验世界的偏移之内在原因，也许不是出于某种品味感的要求，而是出于这样的考虑：世界给予我们的经验，其中的真实并不仅限它的呈现和我们的理解，我们对它的想象同样构成了真实。想象其实就是比喻，而比喻是真实的类比，分有了世界真实的成分。换句话说，隆莺舞诗歌中透露出来的品味感，也许就是对世界寓言处理后的表现，它被规定在情感中立的启示性语调中，通过其内涵的更大观念消弭情感在更小领地里的剧烈翻涌。站在启示而非认识的角度，当我们回头重看《夕阳还在，战斗或伸手》这首诗时，或许会产生相反的结论。不管是"死亡金属摇滚乐队"演出时"单立一条腿要去拼杀"的战斗表演，还是"我舅舅在酒桌上 / 把对方喝倒，同样的单腿直立"，其中尽管都内涵展示性的本能，但作为一个整体性的比喻，"一场欢愉的战斗"却能让我们从这种本能中想象出男性（以及由此衍生的父亲、儿子身份）在世界中的位置，这一位置是在他的本能和与他对应的女性的关系中形成的。

对世界的理解丰富了世界，但对世界的寓言化却缩减了它。寓言不仅是个比喻，同时是个凝结，而所有的凝结都等待着绽开。似乎，对世界的寓言比之对世界的理解更呼吁着它的对象，从而把对世界的解谜转换为对一种人格化的至高存在的亲近——就这点来说，寓言的启示较之理性的认识更加主观，也更接近了诗。在《剪》和《妈妈的讲述》这两首诗里我看到了这种亲近的迹象，不管它们的情感形式是愤恨还是温情，在我看来都隐蔽着对亲密关系的渴望。两首诗都朝向了一种破开的目的。在《剪》这首诗里，被爱恨交织的"他"（具有父亲这一教导者的形象："他不是别的什么人，他教会我 / 使用剪刀，这技艺使我们免受许多生活的苦"）被比喻为一团需要剪开的令人窒息的黏稠物体，而诗歌中出现的"虚空"和"婴儿"的状态和存在物，又赋予这"黏稠"以造物生命体的普遍形象，从而将可能被具体化的"父亲—子女"关系升华为"生命—世界"的关系。换言之，"我"对父亲的情感或经验，启示着个体与世界的遭遇和可能。《妈妈的讲述》与《剪》这首诗似乎是联系在一起的，作者的目录编排也是如此，在《剪》的父亲意象以后，是前者的母亲形象。在这首诗里，"妈妈"和"我"的关系拥有了故事性，是具体的、温情的，与《剪》里的未曾言明的父亲形成了对照性的处理，但在内容主题上，两者却不是精确对应的关系，而更具有承接性质。如果说，《剪》中的"他"是以父亲类比了自我生活的世界，从而在个人与世界的关系中喻示出爱恨交织的复杂感受的话，那么《妈妈的讲述》里呈现出来的脉脉温情却是站在"我"——作为微弱生命的胎儿——的视角，对一种强弱转换以后重新回顾的亲缘关系创造了新的感受：当"外公"作为"妈妈"的父亲失去了强势的能力（他患上了阿尔兹海默症）而成为一个弱者后，"我"以"单亲妈妈"怀里的胎儿的视角所遭遇的一切在陌异中获得了对亲缘关系超出日常性的理解。出现在这首诗里的人物形象显然都有一种"弱"的特征："我"是个胎儿，"妈妈"是单亲妈妈并且没有兄弟姐妹，"外公""认知退回孩童"。只有出现在他们周围的外部世界才具有强势形象——"太阳、群星、高飞的大鸟"。在我看来，这首诗显然不是来自直接的经验，因为即使其中过于巧合的不幸仍有可能，但当"我"还是个胎儿的时候，很难想象"我"的"外公"已经衰老得患上阿尔兹海默症。换言之，这首很可能完全虚构的诗实际上是在创造一个比喻，并以显著的虚构性强化了它的寓言色彩——我们只有在如梦的幻境中才会更加质疑现实生活的真切性，指示出一个超验的世界，进而重新整理我们的精神。

这样的寓言意图在《造物》一诗中表现得更加显著——但有时我们很难判断它是针对生活的幽默讽喻，还是对生活于其中的世界的超越。诗的标题"造物"具有神圣的意味，显得像个僭越，直观的理解是，诗歌中的"我"因为创造了自己所饲养宠物龟的某种生存生态而产生了成为后者"造物主"的感受，并在这一"生态"的建造过程中体会到"造物"带来的超越庸常心灵的新奇经验。诗的第一节描述了"我"造物的过程，以及"我"对宠物龟的权力："在一只破碎的碗里／养一只小小的龟／给它造条河／造两堵泥岸／河中有叶舟，它往返对岸总是那么容易／给它说一岸是生／一岸是死"。在这里，宠物龟的生存是被"我"规定的。第二节是"我"与宠物龟在"我"为其创造的生态系统中的互动，它隐含"我"对后者的绝对权威以及后者的西西弗斯式挣扎："一只从天而降的手，捏起它／往回提"。第三节出现了反思，但正是这个反思促使"我"产生对于宠物龟的上帝形象，这一"神圣形象"是被烘托的："它们让我觉得有些陌生／或者我运用了一次它们隐含的'陌生'？／两条手，垂下时像两岸／围住我身体里不停息的河"。到了第五节，诗歌进入理性化的沉思阶段，或者更准确地说，是"我"作为宠物龟的"造物主"为后者的生态空间中注入了系统化的理性，它包括了必然与偶然，以及连接它们之间的理念模型："我是创造了一种爬行／我是创造了爬行需要的一切条件／也创造了爬行有可能出现的意外／以及意外之后的合理"。显然，"我"的"造物"行为相对于宠物龟而言是"造物主"在行事，但相对于"我"自己来说则是一次游戏，"我"对于后者的绝对权威即使十分沉重，也无关道德，而对于"我"自己只是任性和偶然，因此在最后一节，当反思再次发生时，前一次自身作为上帝的可能性被翻转，成为对这一"造物"行动的嘲讽："我思忖，我发笑／最后我创造一小点驮着硬壳的懵懂／令以上的一切／显得合理"。在这里，"驮着硬壳的懵懂／令以上的一切／显得合理"十分深奥，表面上看，似乎是诗人要用无知来解释理性的来源，即：当"懵懂"的宠物龟无法想象它的遭遇只是饲养它的人类的一次随性游戏时，它将自己的主人理解为（它的）世界的"造物主"就是合理的。但显然，当我们从寓言作为启示的角度来理解，就会发现其中隐藏着对理性的否定，对我们能否认识世界之真实的否定。我们可以联系哲学家罗素那个著名的"感恩节的火鸡"的思想实验：农场主每天上午十一点准时给火鸡喂食，火鸡中的科学家观察到这个现象持续一年都没有例外以后，在感恩节的那天宣布了它的伟大定律——每天上午十一点必有食物降临，但这一天火鸡没有等来食物，而是被送进了烤箱。换言之，启示对理性认识的否定就在于，启示是一种直接的精神，而后者作为思想建立在对经验的类比上，但经验本身无法证明。宠物龟只能类比地理解自己的经验，而不能认识它的遭遇是主人的行为，那么如果上帝存在，我们也无法理解上帝。在这个意义上，这首诗是关于信仰的认识和论述，而不是对信仰的表达，不是信仰本身，因此，当我们将宠物龟的"懵懂"视为一种可爱的感性形象而非无知的代称时，我们又可以相反地通过理性解释最后这节：当诗人指出宠物龟"驮着硬壳"的形象（或因其缓慢的老态与幼弱的躯体不和谐地集中于一体）呈现出"懵懂"的感受时，便让一场游戏性质的"造物"之僭越行为因一种"可爱"而消解了其中的神圣性，于是"显得合理"就意味着僭越被谅解，回归到了游戏本身。

通过《造物》，我们或许可以指出隆莺舞诗歌的某种思想上的共性：当代生活是排除掉神圣性负担的，它只有轻盈的底色，使得"我"之"造物"这一在生活中被视为孤独的行为也显现为轻盈。换言之，隆莺舞的诗作为寓言，具有对信念与生活的双重启示之可能，它作为诗的意义就在于它创造的隐喻系统所具有的开放性，凭借的是其中的内容，而非分行背后的韵律模式。换言之，敉平情感的疏离姿态所形成的品味感成为信念的表达，通过这一信念我们在生活中建立了中心，从而在世界的孤独和无限可能中锚住了漂流的心灵。

组章

咏 怀

/ 伽蓝

重读柳宗元《江雪》略记

二十四种寒气仍在
那种渗透骨髓的冷
凝固成雪,纷纷扬扬下着
不是轻的六角形
晶体洁白地铺满宣纸
天地苍茫,唯在左下角
留一条黑黢黢开裂的瘦舟
靠着时间泥泞的岸滩。而是
玻璃的,石头的,铁的
塑料的,绸缎的,电子的
棉布的,纤维的,纸扎的
画出来的,肉的
……雪,深深地下着
穿透万物,像没有眼睛的悲伤

凤凰岭杂谈

最高的岩石空无一人。半山
适合望远,若已经积攒
太多的抑郁,必须要谨慎

要继续信任这个世界。你坐在
巨大的幻觉中
看风景，什么也看不清
屁股底下的岩石是实在的
如石化英雄的肩膀。微风从南面
吹拂最细的发丝，山桃花
开了几百枝。这些都是好的假设
从背包里取出保温杯
和茶具，沏一壶白茶细品
阴坡积雪未消，下面的凉亭顶着蓝色的雪
蠕动的人上上下下，像明信片上的
污点。远处一座大城隐身
在坚固的紫气里：一切都没有发生
一切已经发生。鸟的叫声
穿着安静的珠子，又散落下午
阳光的低语。台阶旁的小草
刚刚绿了三两株

有　神

有神住在我们的身体里
他饮酒，读书，吃饭，睡觉
他与妻子们相爱。

他不具体，我们的具体就是
他的具体，我们的善意
与他更近一些

对照镜子，也看不见他
X光机也照不见。

他并不刻意，要从我们的肉体

凿出心灵或别的
他不在乎，我们是猫、狗、蝴蝶

拥有此刻，已经足够
我们是一座房屋、一部车
有神住在里面，就请他一直住下去

咏 怀
——仿陶渊明

……野兽的月亮升起
照着露水吵闹的车马
到处流徙的街衢照着
鲸群轻轻吞吐的市声
但到达秋菊的只是春兰
到达心头的只是一地雪
积累的时间亘古不化
我还是在古意中锄草的人
像一只蚯蚓栖身泥土
劳动，不含一点思想
南山多么肃静，肃静
一只倒扣的沉钟
起了银光闪动的微风
弯腰的时刻已经过去
洗净疲倦的身体
直率，奔放，有着欢喜的形状

咏 怀
——仿王维

鸟啼睡在珠露里。摇晃的梧桐叶
敷着毛茸茸的薄霜

起舞的影子感觉人世的凉意
比脸上的平静更粗粝

连注入琴声的流水也很有韵地
转过弯远了，远了

我仍然会早睡，早起
不着一物。只是今夜的木窗

较往常稍亮些：一格一格
慢悠悠地，收起心尖上的雪

静　夜

夜色倾泻在花木上
听不到什么声响
我们的未来没有名字

一把椅子在吃我们的时间
我们在被咀嚼的喧嚣中
埋得多么深

什么事物脱离了我们的世界
隐藏在森林的夜色中
星星在头顶的天宇上晃动

此刻，我们居住的地方里盛满了回音
它们认出了我们走路的姿势

不远处，一盏灯用熄灭抓住我们
而我们不能够拒绝

在镜子晦暗的睡眠中,我们
欲为河流,却不能流走

流　年

放弃了所有的修饰
露出自己的天真,静如廉价
草纸上的一盏风荷。他感到
命运的通透,吹开了
临河的窗子,一匹天光倾泻
进来,照亮书中发呆的灰尘。
那是他用半生打成的包裹,沉默
在里面呼吸着,绝句的气味
蔓延。可以想象当年,一道
逼近内心的电光短暂地亮了
一下:美,像一种醒来的自由
让人怦然心动。他拿起刀子
果断地切开眼中的白日梦
涌出的液体让他浑身颤抖,像
一个骄傲的厨师,无意中
切开了宿命的洋葱。他想起
许多年前在小河边
听着蝉鸣,一个少年的影子从
潺潺的河水里升上来,升上来
到达心头即碎成了玻璃

（选自《十月》2023年第2期）

转钟一点的雨

/ 华姿

重要的事越来越少

　　越来越觉得，我在
　　海鸦苑独自度过的四季
　　是一份额外的恩宠
　　不为衣食劳碌，也衣食无忧
　　似乎孤单，其实是自在的
　　或许缺乏，却是常常自足的
　　寂静像一柄巨伞，罩在我的头顶
　　每天我晚睡晚起，每天我做饭吃饭
　　用五谷杂粮喂饱外面的我
　　用汉字和汉语喂饱里面的我
　　风雨飘摇的午后，我
　　一边眺望南望山、珞珈山
　　一边在桌椅和字词之间走来走去
　　一个句子，就足以
　　熬过一个不疼不痒的下午
　　重要的事越来越少，少到
　　只剩下必不可少的那一件
　　哦，我愿从此隐居在你的创造里
　　不被世界知晓，像从未来过一样

六月的最后一天

当我写下：生活
暴雨就像瀑布，劈头盖脸地砸下来了
白鹭从雨丝网中穿过
她无畏的样子
就是灵魂本该有的样子。
当我写下：时间
日影就像一阵旋风，忽地西斜了
晚霞洒满苍茫的湖面
和更加苍茫的人间
我知道世事比这个薄暮还短
我知道我的寿数又增加了一天。
可是，当我写下：名字
那些曾经被我藏在心底的挂在嘴边的名字
那些已被生命册永久删除的名字
我就正在失去我的一生。

转钟一点的雨

转钟一点的雨，落在
对接木的嫩芽上
满树繁花，都不及
这老树新芽带给我的欣喜
我想起多年以前唱过的新歌
想起我走过的老路、举过的手
我终于知道
我这旧人里头，还蛰着一个新人
我也终于知道
白昼将至，我并无新事可做

在磨山以东

金丝桃已经开得厌倦了
水杨树还倔强地站在水中
据说,已经站了一个时代
我以卑小的身影
在手机的镜头里
——在人世间,出没
我只不过比树下的草,略高一点

忽然就开阔了。先是
眼睛所见的,随后是
眼睛所不见的
我能叫它东湖海吗?
我就叫它东湖海吧!
虽然还是同样的风生水起
还是同样的旧浪
日复一日地,拍打着新岸

你看那株画眉草
风吹过很久之后,它的叶子还在战栗
至于那只红嘴蓝鹊,即使风浪像
不可确定的灾难突如其来
它从一棵树滑向另一棵树的时候
也不会沉默如鱼

我忽然有些沮丧
东湖这么大,有没有一枝花
是因为我的赞美而开的呢?
晚霞这么红,也不会有一片云
是因为我的赞美而红的

可是，我还是要赞美
因为赞美是我的需要
不是晚霞和东湖的需要

我决定与它和解
我也只能与它和解
这佯装静好的、从不饶人的岁月
这什么也没干
却让人防不胜防的时光

三月三十日，夜游武大

花枝摇荡时，碎月光跳跃着
就像一群闹春的蜂雀
每一朵都是一个闪亮的字，或词
在这黑夜发光的，原来并非只有
你的眼睛，和天上的星月

"当我们年轻的时候，你说过你爱我……"
"别忘记你爱我，当我们年轻的时候……"

当春夜如此蓬勃宛如早晨
这月光下的青春，仿佛并无期限
此时，我就像一只"老而不老"的瓢虫
在这一朵樱花的背面流连
灵魂因此而轻盈而雀跃
但我一回眸，就望见了凋零，有如飘雪

天黑了,我还是可以继续赶路

1

黄昏在所剩无几的水上
闪着忐忑而虚弱的光。我在
铁丝栅栏的这边,拍
江上的巨大铁鸟[①],和船

太阳落土时,有人在静默
就一定有人在欢歌
"好吧,笑一笑,再笑一笑。"
"好吧,挺好,再见。"
大旱之年,我曾全力以赴地
照顾过一棵不结果的果树
在我自己的四季
我种有时,拔出所种的亦有时

可是,听说夏天已经在折返的路上了
可是,江在铁丝网的那边
我无法靠近它,用这只领受过恩典的手
抚摸它的沧桑与亏损
江水枯瘦,而船仍在航行
江水枯瘦,而奔流从未停止
最后一抹夕照把江边的锁链
和它的倒影镀得金黄
可镀金的锁链也是锁链
我已准备好接受今天的日落
天黑了,我还是可以继续赶路

---

① 意象出自特朗斯特罗姆诗歌《一九六六年——写于冰雪消融中》。

2

忽然就结束了
田野上只剩下我
和法泗的落日
并没有万道霞光
归鸟也不从天边飞过
稻子散发着稗子的味道
夜雾从土里涨起来时
法泗的落日就像一个孤单的圣徒
在光明渐失的国度走着天路

黑暗在逼近,我尽可能地笑
黑暗从里外逼近
我尽可能发自内心地笑
直到我的心,也笑出声来
一天的结束不是结束
一生的结束也不是结束
天黑了,但那不可动摇的
仍在那里,就在那里
天黑了,我还是可以继续赶路

日暮时分,在菱角湖边

鱼在水里,鱼是静默的
我在水边,我也是静默的
我们都在浮躁的静默中,度着
渐失的年华和酷暑
暮光穿过躁动不安的叶子停在我的掌心
像停在局促的湖面和更加局促的国度
此刻还是黄昏

可是不久就是暗夜
那么，走夜路的云
会不会议论日渐亏损的月亮
和忽然黯淡的星光呢？
彻夜吟唱抑或鸣泣的虫子
会不会议论热得像流火的东风、南风
东南风，以及被它们日复一日地
吹落到身上的灰尘呢？
如此想着，我又过了一天
我又过了一年
当我转眼，一切都在转眼间

（选自《长江文艺》2023年第3期）

小石头记

/ 蓝野

春　信

　　傍晚，我向密林走去
　　天色逐渐暗下来
　　直到最后，在墨一般的黑暗中
　　我触摸到了，就是它！
　　——孤独如一堵墙，立在那里

　　在漫无边际的黑暗中
　　我触摸到的孤独，是推不倒的
　　星空一样深邃
　　又有着金属一样的密度

　　在寂静中，一瞬间的耳鸣
　　这一只破壳的鸡雏，啄破了
　　那路过我脚踝的星星

　　这就是我的孤独
　　竟然无法向你描述
　　但站在这里，在天宇之下
　　我知道你也拥有着它
　　却咬着牙，从不说出

暮　色

黄昏，我坐在几棵黄栌下
多么安静的时光啊
我一个人坐在这里，看暮色如沉沉大幕
就要将白天关闭

光芒渐褪。天空划过星星点点
难以描述的光亮，我似乎看见了
时间的模样。天地就这样悄无声息地转动
心中剧烈冲撞的人世传奇，瞬间
黯然失色

小石头记

就这样，你递过来
它一直在我手里了

我握着的是远方
是一条大河的源头

这小小的石头
陪伴着我，倾听着我的欢愉和不快
也传递着指纹一样清晰的你的情绪

我握住了命运给予我们的一切。
就这样，你递过来
我握住了它

蝴　蝶

沿着沭河大堤,自行车飞奔
向北,再向东
一路上,两只蝴蝶飞上飞下
与我们相伴了几十里

拐弯时,担心它们迷路
过一会,还是它们
——一只翅膀黑色多一些
一只翅膀白色多一些——
又会在身旁在眼前飞舞
道路平坦时,自行车蹬得飞快
我们也会停一下,等它们赶上来

"到老了,也会记得这两只蝴蝶"
——我们忘记了走过的那么多路
说过的那么多话,还是常常说起那个下午
道路延伸,蝴蝶飞舞

二十岁那年夏天
我们穿着花衬衣,脸面红扑扑的
衬衣是你赶集扯来的花布
昨天刚刚裁剪、缝制。——蝴蝶
喜欢衬衣上那些烂漫的小碎花
还是流汗的、年轻的气息?

寂　静

正午的山谷,寂静
和阳光一样

罩住万物

除了我的脚步和呼吸
大山和我构成的世界
这空茫的音箱，就只有咚咚的心跳了

——草丛里突然飞起一只蚂蚱
翅膀划过空气，呼啸中
将寂静刺破……
山峰似乎颤抖了一下
我大声惊呼，像一个躲避山崩地裂的人
夺命逃奔

——四十年后，我再次经过这里
寂静的山谷中
没有遇见腾空振翅的昆虫
只有飞掠而过的时光
让我惊诧不已

树　洞

在峰顶俯瞰，这和平常不同的视角
让我们低下头后，更是抬起了头颅

号叫了一阵，各自安静下来
我悄悄溜到另一个山巅

晚霞渐褪的时刻
我对着浩渺宇宙，说出了一个秘密
慢慢亮起来的星星
有一颗闪了几下，像是眨着眼睛
听到了我的讲述

广大的天宇下
我登上了一座山，将秘密
交付给一颗星星

（选自微信公众号"散步的老虎"，2023年3月27日）

和雪山一起长大

/ 刘宁

掌管万物的路径

在奉科，所有的麻雀都归我失明的
外婆管。早晨，院子里的公鸡
第三次打鸣时，她沉默着穿衣，起床。
缓缓走到院子外的桑葚树下，瘦小的身子
佝偻着。奉科的麻雀站在绿色树枝上
叽叽喳喳说个不停，她静静仰头倾听，
从中了解奉科的所有事物
——一切发生了的和即将发生的。
"阿子木那在丽江城帮人盖房子的父亲
今天回来，太阳落到石头凳子山的时候，
他的左脚会踏进家门。"
"阿恒撑不过今晚了，接他的白马
前些天就从雪山下来了……"
另外几只麻雀停在了旁边的竹林，
她微微侧身，停顿一会后，
轻轻说道："他们说，我三十年前
在金沙江边死去的父亲，一直
惦念着他的小女儿。"

一个奉科人正在回忆另一个奉科人

我继承了我外婆掌管的所有麻雀和
她的复活术。我由此得知,记忆是复活的
唯一路径:一个奉科人正在回忆
另一个奉科人。而那些大雾弥漫的遗忘
是可耻的,就像祖先的土地荒芜一片,
四野空空,我是那个手持利斧
砍走祖先最后一棵松树的阿一若。

栖身地

从他出生那天起,雪山、松林
黑石、江水、牦牛、山羊和马匹便答应
要在世界上为他留一个适合的安身之地。
他把房屋建造在山坡上,种满桃树和
石榴树,他把牛羊放养在石头凳子山,
他的祖先被允许穿梭在金沙江中
带去时间和回忆。在他的灵魂被白马
接走那天晚上,一个东巴的见证下,
他愉快地和一小块居住在石头凳子山上
的黑石交换了栖身地。

煤油灯记

我外公的灵魂变成白鹿,投入雪山那天
我在奉科找到一盏煤油灯,灯身老旧,
已无法再用来照明。这是我外公编织竹篮
换来的,他是一个有名的木匠,
曾经依靠这门手艺向这个世界换取他
需要的事物。在摆放沙发、电视机和彩色

糖果的客厅里,现在它被用来做蚊香架。
在孩童时代的夜里,我和外公从住在公路边
的阿一若家下象棋归来,迎着一路的
蛙声和蝉鸣,推开一屋子的黑夜,
"唰"的一声,这个世界
就被照亮,像一面被突然擦亮的镜子。

桑 葚

在奉科,我们种满了"奇呗"。六月,我们
爬上高高的树枝,采摘下一大把紫黑色的
果子,塞进嘴里,汁水把我们的
手、牙染得乌黑,我们咧嘴大笑。
剩下的果子拿去喂养幼小的麻雀,他们
叽叽喳喳叫着,吃得多欢……
我喜欢"奇呗",纳西话里,意思是
"甜甜的一颗",在丽江城,人们
称呼它"桑葚"。"桑葚,桑葚",多漂亮的
名字,在我没有见过它时,我想象
它如何优雅地结果,想象它的颜色
形状如何的与众不同。直到
多年后,当我发现"奇呗"就是
"桑葚",我却开始怀疑它的甜已经
被世界采撷了一半。

画

阿一若在雾气重重的松林里遇见一支
从丽江城来的写生队伍,他们背着做饭
用的锅碗和画具。"我们很早就听说过奉科,
但我们今天才来寻找它。"
阿一若没有说话,他看到那些画纸上画满了

白鹿和仙鹤,还有一座金灿灿的雪山。

活　着

每天如此,阿一若赶着黑色的羊群
黄昏经过他母亲的墓地,他总要停下来,
倚靠在他母亲身上,像小时候那样。
在这个碗状的山坡上,他和他母亲一同
看着这片绿色的苞谷地,这一天的太阳
沉沉西落,金沙江水从山脚下缓缓流过。

阿一若和死神

阿一若二十岁时,连接生与死的署神,
在一棵松树下遇见他的母亲
"你的儿子将死于四十岁那年,他身负
巨石而不自知。"阿一若六十岁时,他在
金沙江边见到署神,愤怒地
指责道:"我并未在四十岁那年死去,
我战胜了你。"署神面带微笑,
望着他:"你错了,你随时在任何地方死去,
又随时在任何地方复活。"

在奉科,人们哭泣

在奉科,所有人都为亡魂
哭泣,但没有人对死亡心生怨恨和
恐惧,一个奉科人的一生就是
追逐金沙江水的一生。在奉科,每一个敢于
面对黎明的人,都拥有面对黑夜的勇气。

和雪山一起长大

阿一若站在大门外的棕树下
看路过的送魂队,整个奉科
只有他家有这样的两棵棕树,
是曾祖父从世界上带回来的。
他失明的外婆,正在厨房里
剁一个巨大的南瓜,他清晰地听见
她说话:"等到金沙江水倒流,
玉龙雪山的黑石长出双脚的那天,
他们就会复活,带着成群的牛马
和山羊,带着一棵
巨大的松树从雪山下来。"

阿一若很年轻,二十六岁时,
他在金沙江边抛石子,遇见
一个说汉语的女人。她拿着
一个红色的手表,递给他:"丽江城
有天底下最珍贵的宝物,有数不清的
财富和一座金色的雪山。"
阿一若没有说话,现在他的身体
被金色所照亮,一座雪山活了起来,
起先是一棵松树,后是一颗黑石……

多年后,阿一若见到了雪山。
在丽江坝子,他在等待,等待他们复活。
"他们就会复活,带着成群的
牛马和黑山羊,带着一棵巨大的松树
从雪山下来……"阿一若望着它,
仿佛看到了一座雪山的消融。
他转身离去,留下

一座雪山在他身后沉默不语。

（选自《十月》2023年第1期）

观云者

/ 吕达

观云者

一过德令哈,我们就进入了牧区
火车在缓慢地爬坡
整个白天我们都趴在窗边看云
看两种颜色如何既是自己
又能衬托出更好的对方
牦牛细嗅野花
小心地
把舌头伸向青草

现在是雨季
草场从天边延伸到了眼前
夜幕降临后
云层会聚集成一种灰色
我们不再辨认蓝和白
牦牛已经被牧人赶回圈栏
灰色的云会带来风和雨
但我们听不到

群山环绕着群山
观云者在大地上没有故乡

刮　风

我把窗户关上又打开一丝缝隙
想知道外面的风到底刮得多厉害
我的绿萝在窗台上剧烈颤抖
出于担心我又果断关上了窗
天上的云被风一直推到很远的地方
由于没有遮挡
傍晚的阳光依然强烈
风中的杨树一面承受着恩惠
一面则抵御着它一生中必经的艰难
也许世上就是没有完美的事
在干旱少雨的北方
杨树算是不挑剔的定居者
而我在此也已度过数个春秋
伴着不减的呼啸声夜幕降临了
当我躺下，我是多么无害
那棵杨树被命运带到我的窗外
它是多么渴望给我完整的家园梦
而我们共同受制于创世者的定规
又被这不安的风声搅动心绪

家　园

春夏之交的一天，刮起了大风
我们匆忙关紧窗户，还是感到害怕
透过玻璃，我目光忧虑地望向窗外
那些大树正被风折磨得无所适从
不用想，我们也知道
刚盖好新家的那对喜鹊夫妇
此时也正被树枝猛烈摇晃着

连同它们刚出世的幼鸟
真奇怪，我们从没在风暴中
听见过鸟叫
也许它们比人类更善于应对苦难
也许它们知道出路将来自自身：
翅膀、坚硬的喙以及两只爪子
至于房子到底要盖多牢靠
它们比我们更有发言权：
因为不论狂风如何肆虐
过后，我们仍能在树枝间看到
它们高高在上的家园

顺　从

冬季来临前
我们感觉做好了准备
清淡的菜蔬轮着吃
孩子们冬季会长得慢一点
等到来年春天就能看出来
衣橱里挂上了厚外套
干菜和肉类也保存好之后
我们总算松了一口气
有米下锅有菜下饭就是安稳
然后我们看着落叶
一夜一夜地聚积
它们顺从生命的某种规律
开始休息
我们把那些树叶扫起来
埋在树下或者烧掉
在这之前
我们把果实一个不落地摘干净
收在仓里或者卖掉

如果某夜下了雪
抽干水分的树枝
会啪的一声断裂
第二天早上孩子们
把那些曾经柔嫩的枝条捡起来
堆进柴房或者扔进炉火

世上最难的事

挑选、购买
物美价廉的食物

把日用品和衣物的价值
和价格一一对应

熟练处理各种食材
并让它们变得可口

让家人满意

装扮自己并有效扬长避短

做一个女人

跟一个看起来无害的陌生人打招呼
并走进他的人生

在地图上找到自己的故乡

（选自《诗刊》2023年第5期）

我以为忘记了的都不曾发生

/ 弥赛亚

开始的确是这样，后来变成那样了

我从白发里抽出青丝，还给你万念俱灰。
还给你杜鹃的春心。
还给你无端之水流不尽。
拍马莫问前程，
还岁末以浅雪，还黑漆于棺木。
还给你两头不到岸的尴尬。
开始的确是这样，后来就变成那样了。
还你流氓的寂寞。
还你负面的山水。
海上花还给海底鱼，一丈青还给半匹麻。
蛙鸣还给深井，黏土还给熔炉，芝麻还给馅饼。
航海日记一片空白
还给你遗失之岛和极昼之夜。
还你黄金锚和满天星。
后来的确是这样。我拿走了什么就还给你什么。
我把灯火还给寺院，把荒芜还给田园。
把桥梁还给藏死的河流，把白银还给冤枉的自由。
垂枝还给根须。
还永生以饮鸩而死
还宝藏以失踪之谜

旧时辘轳兜兜转转，早晚归于一梦。
我把初衷还给始终，把兕牛还给吴钩。
把惶惶前世还给滚滚今生，把长河一落日
还给肝胆两昆仑。

未来水世界

八月蝉鸣，高过屋顶
大鱼跃出水面，化为人形
他一边长出脚，一边四处游荡
直到腮变成脸庞
不久前，瞎子给他卜了一卦
说："一字记之曰水，离不得。"
果真如此
只等末日到来
他将背着泥菩萨过河
用刚刚长出的后脑勺
对岸上的一切
说再见。

浮岛计划

东海居于莲蓬之上
鲸鱼以莲子为食，自称浮岛
它背脊朝天，喷射水柱
在早上五点钟
能看到海上的日出

正午时分
我们计划把一桶桶漂白粉
倒进海里
钓鱼者惊醒礁上鸥

再回头已是百年身

浮岛漂向公海的另一边

明月所剩无几,唯见藕断丝连。

波　澜

月光起微澜

我跟身边的河流打招呼

向水缸里的自己问好

允许适度衰败

允许秋天的梧桐树

再活二十年

每次在人民公园外

停下脚步

都会想起翻腾的大海

整个世界

在起伏不定的床单上

显得很脏,像一个下流的字眼

往常的那些

细枝末节

比发生过的大事还要清楚

记得我小时候

曾在锯木面里埋过一件东西

现在请你把它找出来

静水流深记

浪花永远奔腾在水面

而河流深处

藏着一个死寂的废墟

大雾弥漫，鱼虾默默迁移
桥的另一端不知伸向哪里
在碎玻璃中，廉价的水结成冰
有时化为失忆的雪
健忘的霜、低于云端的雨
我猜，它们都是来自同一片水域
小时候，我们折过那么多纸船
却从没有真正让它们航行过
汪洋中没有一条真正的船
只有无数只
乘树叶过河的蚂蚁

查无此人

伞下的世界
凡人在游动
雨花一朵一朵地开
不真实的植物，亦不虚幻
鞋子走过了多年
路还在，但底子已磨穿
双脚沾满泡沫的人
从海上归来，又消失在人海

我见过的马

最后一批从卡车上
卸下来的
不是煤炭，是河沙
天黑了，矮小的主人逛庙会还没回来
它弯下腰，驮走沉重的货物
所有注视过它的人都相信：
完全依赖一次幸福的跋涉对一匹马来说是多么渺茫

后

清晨过了是夜晚
结束之前,流水潺潺
你那么年轻
指头拈起落花
晚年才听见蝉鸣

滚铁环

高傲的铁环滚来滚去。
它有一张浑圆的脸,有着暗示的权利。
它的脚踏过落叶
从无到有,又返回原点。
它比落日更有说服力。它在秋风中
穿州过县,它比一个浪子到过的地方更多。
它使那个白净面皮的少年
浑身充满了烟熏气
它让一个老不死的地主更加浑浊而且言不及义。

片瓦遮头记

你有多久没坐过一列闷罐车了
你有没有看见
屋顶的瓦缝有棵草长了出来
当旧屋翻新,当慢车开来
爱过的人向你招手
就像窗户已关上,蜂窝煤还燃着
锅里的水就要烧开

所以别再逃了

哪有什么永恒之地
檐雨落了整夜，幸有片瓦遮头
我以为忘记了的都不曾发生
埋下的都是腐朽的丝绸
好吧，我承认地底会长出新的东西
这死神的馈赠
像我们扫墓归来，在路旁挖出的春笋

（选自微信公众号"诗琢"，2023年3月11日）

父亲的对虾塘

/ 伤水

打　水

抬头，树和树把夜空围成
一口深井
星星，蝌蚪一样忽隐忽现
我感受得到
那清冽得冰凉的井水
浑身不由得激灵了起来
我应该用根尼龙绳子
放下木桶
触到水面的感觉传上后
再猛地一晃绳子
对，往内一晃
巨大的木桶随之倾斜
并沉闷地，只一口就把
水和星辰包含其中
它吞咽的样子，使我体验
一种贪婪的心满意足
这时，满含的桶在水中并不沉
我开始憋气——十岁的样子
刚好子冉这般大
我咬着牙，双手在桶绳上

快速交替着
终于。把晃荡着月光的沁凉
倚在井口
我看见了我呼出一口大气
慢慢蹲下
突然发力挺起,并趁势转身
沉重的晃荡
被完整地提出了井口
好像解救出
被囚禁在地下水牢的一群兄弟

父亲的对虾塘

父亲教书退休后
在小麦屿的老鼠山养殖对虾
我和未婚妻去看望时
父亲用饲料和网,把对虾搞得
活蹦乱跳
我知道这表示了他的心情
坐在塘沽上,我配合着
看虾的鼓槌乱打着水面
鼓音比塘外的波涛,还要经久
鼓皮终被敲破,现在我
也到了父亲当时的年龄
围基早被征地
我无虾可养
只能看看洋面,波光粼粼
不真切的样子里
活蹦乱跳的时光消失了
天色暗下来时
一条船慢慢地横过眼前

这几天我在想大象的事

　　一小群大象
　　走出热带雨林
　　向一个令我们猜测的方向
　　笨重而稳健地
　　远行
　　人们让出了村庄、庄稼
　　和让一头小象吃醉的
　　酒糟
　　我也腾出了心里大部分位置
　　却不知如何将其安顿
　　我储存的东西，不知是否
　　合适和有效
　　我曾经描摹过你们
　　踏上我的屋顶，却不
　　踩碎一张瓦片
　　某个词语会逗留某条长鼻子
　　又卷起某个调皮的句子
　　甩到人世之外

于今绝矣！

　　没有来由的事情太多了
　　比如，冷夜，宁波，我想起《广陵散》
　　想起《广陵散》上面的手指
　　想起刑前，嵇康收起双手
　　应该相互搓了搓：《广陵散》于今绝矣！

　　我停下，一炷香的功夫，我再想，想他
　　讲这句话时的神情

我模拟了好几种。或许第一次最相似
那是否最相似呢
早已无人作证
于今绝矣!
我再也模拟不出自己首次的神情

化 身

世界是个寓言,我们
就是寓意——罗伯特·潘·沃伦如是写道。
我在睡去时肯定会梦到我在做梦
事实上,梦会停留在床上
而我早在梦中走远。
由此,梦才是寓意。停留的床和
不停留的我一起
构成了寓言的要素:环境和主体。

我如是理解。
在我如是记录的时候我已经离去
进入一个梦境。仿佛蝶梦庄周

起风了

起风了。树叶哗响,波浪
敲击着船舷
好像大海在追忆一条失踪的舢板
那飘落的各式花瓣,我认得
她们:黄鱼黄,带鱼长,鲳鱼扁
船头一翘一翘,远山
驰行在暮色的波涛
值得为它担忧,它会一头撞上晨曦的
好像绝望时候碰到爱情

而圆月升起在挺拔的木棉树顶
桅杆上昏黄的渔火哟
正被风一遍遍擦亮,四周越来越薄
越来越锋利
谁揭去了我一身鱼鳞?晃动处睡去
必又醒在闯荡之时

车窗外

车窗外,山山水水皱褶起来
像难以说出的坎坷
一晃而过
突然的隧道一把将我拽入,再次
经历猝不及防的休克
未及恢复,波浪又开始喘息
四处追击鱼群
我是对虚无上瘾的人
把捞上的鱼换身鱼鳞,再放回海水
让无数的剖鱼刀生锈
而多场鼓捣,就为了这一趟平淡
——此时看什么都像我的职业生涯
其实。车窗外,没有什么特别
一晃而过,一晃而过
只是往常,且平常
而我,一个再也没有到达站的旅客
焦急地看着窗外
假装成一个坐过站的人

一条倒扣的船

这才是昏暗的时刻
配合着潮水,爬上一寸,天就矮下一分

那条底朝天的船，倒扣礁石
船板内奔涌着波涛

那远去的，瞬间，巨浪般矗立
抚摸到粗糙，被硌手的感受如拖网的紧勒

回味总比当时惊悚
身处其中，只能即时反应

波光安详起来，微浪蹭着你的老迈
余生，就这么随浪漂荡

但谁能熄灭发着鳞光的涛声？
所有的狂喜都将平息，悲伤却愈加悲伤

鳞 光

骨头里飞出的磷火
脱落在礁岩上的鱼鳞
仰头：夜风吹净星空，满目璀璨
剥去鳞片的游动，经过的水都疼皱了
在星星和鳞光的上下挤压中
我半悬着——
多少肉身赤裸着隐去
我接触到的尽是灵魂的茫然
空旷的涛声，不息地托举着我的脊背

那颗不知名的树籽

形如子弹头
就成了弹弓的丸弹首选

当然，射向的翅膀全都飞了

知道我所指的人
全都离去，我爷爷，祖母，父亲
那树籽的名称便成了不解之谜

父亲在世时还把那棵树砍了
根源不再
我丧失依据，我的指向从此不明
光秃秃的院子，没有一双翅膀

姑　姑

所有姑姑都是为她侄子准备的
避难所一样的姑姑，与世事无关
面孔隐没在木锅盖掀开后的水汽里
烟雾中，捣衣声是石头与木头的敲击
还有，那铁器深入泥土的摩擦
竹帚与泥土的摩挲
你直起腰来
从未解下围裙
你是一个没有面孔的人
如不能描述的雨烟。在江南，今晚
你离去了：一抹炊烟
在桥头樟树下散去

老　井

新居在山麓
装修时，请人挖一口井
他们动用了现代挖井工具
钻出一根又一根的石头棒子

钻到九十米没出水时
我叫停了嘎嘎作响的挖井设备

实际上，我想挖口老井
苔藓。打水的木桶。井沿蹦着青蛙。
干旱时节顺井壁爬下
蒲瓜勺子，探入水脉处
——像极了小青蛙的白肚皮
水一鼓一鼓
舀出的山泉，混有清晰的泥沙

现代化的钻井设施，打不出
我龙泉头村的这种老井

喊 饭

跑到番薯地，祖父
在马铃薯地里。跑到马铃薯地
祖父在芝麻地里
我叉开小脚丫，跑到了牛栏
跑到了山芋艿地，跑到了菜畦……
太多的田垄里都有我祖父
爷爷——
回家晚饭

奶奶把饭桌上的冷饭
倒回铁锅。我妈的脚踩缝纫机声
响了一下午
猪在哼哼唧唧，应和着我
满山飞跑后的大喘息

铺 首

曾被老祠堂大门的一对铺首吓着
却难忘那饕餮纹饰
终于知道失去的饕餮
都在人间,让我们时时恐惧的
都没有消失——
所有努力,都是为了捕获它们
把它们钉死在门上
我愿意是铺首所衔着的门环
叩响失踪的自己

柱 础

老屋每根木柱下
都有一座石柱础
——多年以后我写下"柱础"
就想起那个头撞柱础的午后——
它们以不腐的秉性,合力顶起
农耕年代的木结构
被用于与某头颅相撞,确不是它本意
那个午后,柱础开始一矮再矮
我不得不蹲下去
试图与它们保持同样高度
以沾染几丝他人的血性
——我失血过多,并常有堵塞
何时才注入那澎湃的洼地
现在我写下它们
更由于不再出现它们,它们的
坚硬和专注

(选自微信公众号"诗与言",2023年1月7日)

突然想起今天是我的生日

/ 王单单

与兴正书

所有的骨头,都要长在肉里
人有气节,但若骨头露在外
怎么看,都像一位伤者

父与子

有时儿子只是说了句梦话
我就会在熟睡中惊醒
这让我想起好几次
我不经意喊了句"爸"
空气便立即长满了眼睛
围过来的透明中
站着无数紧张的亡灵

训子书

临帖的时候
儿子会爬上书案,摆弄我的毛笔
他还不能将一横放平,将一竖画直
有时还会坐在硕大的宣纸中间

如同我写得最得意的一笔
有时我也会把着他的手，写他的名字
尽管他不懂，我还是会告诉他：
我不想你长大了，提心吊胆地活着
像一个错别字，暴露在橡皮擦之下

登梁王山顶峰

还有一米，就能登上山顶
朋友们撺掇我，站上去——
站上去就能看到滇池、抚仙湖、阳宗海
就能看见脚下密密麻麻的昆明城
以及大地上，一个个
疲于奔命的身影，站上去
就能拍出一张威武的照片，像
之前来过的所有征服者
但我没有上去，朋友们
能站在地上已是上苍的抬举
最高那个地方，我要空出来
让给神灵，他时常坐在那儿
看着我们的人间，饱含热泪

突然想起今天是我的生日

从长满芦苇的野地里起身
独自沿着湖滩走了很远
一排排白浪从远处滚过来
忽然有朵浪花
在礁石上绽开，又消逝了
这让我很感动——
如此美妙的场景
它代替世界的沉默

在这无人的地方
祝我生日快乐

香椿湾

一个醉酒的人,毁坏了
香椿湾的小庙。十二岁那年
我第一次看到身首异处的佛像
心里扑通扑通地跳
每次路过香椿湾,总是绕着走
想着这个酒鬼,死定了
后来有人修缮了小庙
佛头重新回到佛身上
只是颈上挂着一条裂缝
为了给它合上,有一只
蜘蛛,没日没夜地
在里面织网

垂钓者

黄昏时我们路过渤海湾
有人指出大海中移动的光斑
那是一个垂钓者,他竟然
走进浅水中去支竿
他陷得越深,抛出的鱼钩就会越远
但他变得越来越小了
像一丁点鱼饵,起伏在波光间

南岸即景

落日撞击江面,惊起
一只白鹭,它松开

爪子下的波涛
越飞越远。而此时
长江口南岸,大海
伸出湿漉漉的舌苔
正把一艘渡轮,悄悄
卷进暮色

不 孤

田野中有座荒冢
清明从来无人挂青
但它头上却长出了一棵梨树
每年花开如雪,令
漫山飞扬的坟飘纸
黯然失色

(选自微信公众号"无限事",2023年3月7日)

大多数时候我只是灰尘

/ 薛振海

大多数时候我只是灰尘

大多数时候我只是灰尘
起得很晚的灰尘
比人类苦一点
比动物更低一些

如果你刚巧碰触到我滚烫的额头
一定是我太想念一些事物
不会叫的鸟
不会开口的石块
还有我越来越大的脚

大多数时候
我的额头一直在结冰
一条生锈的锁链
锁住空气　锁住时间
还有那个噩梦不断的人

我看到了
但绝不说出
灰尘兄长　灰尘舅舅

像两捆陈旧的绳索
抱着我

而为什么只有
两个可怜的洞穴
接纳并不爱的人类
一个用来哭　一个用来离开
灰尘只是一些
永远冰冻的嘴巴

而你们如果
以三倍重量的爱
爱我
我会同样回报
结冰的灰尘
冰冷的灰尘
围绕爱的凝结物

播　种

曾经的你
驾着巨轭　万马奔腾
在太阳之上播种
爱是多么了不起的事业

曾经的你
现在是巨轭
多么了不起的一部分
死亡昼夜敲击你的前额：
要么腐朽
要么从毁灭中榨出一块块
冰冷的奶酪

爱的地平线多么遥远
因不存在而存在
因不存在
而成为光的一部分——
播种是多么了不起的事业

曾经的你
现在与死亡并驾齐驱
向太阳索取最后的礼物：
把毁灭与不可能的碎片
锻打成黄金辔头
瞧！
多么了不起的两匹奔马

塑料天使

在伤口里
我的祖父曾经发誓
要成为一堆麦粒
不吃也不喝
把四周填满
后来　只成为一堆空气

我的父亲继续发誓
要成为一堆
花花绿绿的纸币
昼夜奔波
把房间每个角落塞满
至今他还在忙碌　充当
它们的信使

今天
卡夫卡还在与我讨论
是否要把伤口填满
用一堆毫无意义的空气
和沾满肉腥味的纸币

不会同意
伤口仍未愈合——

那就继续
成为欢乐时光里
一堆不快乐的塑料天使
不吃也不喝
昼夜在空气里穿梭
拒绝意义
拒绝来自世界之外的
任何讯息

伤口里
是否这些天使难以命名
还在
继续忙碌　继续分解
继续要成为什么
而成为什么

裸

从未有如此多的孤立无援
像雨点一起袭来
从未有如此多赤裸裸的生
寄居在死者的皮肤之上
既不能开口　也不能逃离

好像他们的亲密
足以打破一切规则
让那些死者全部复活
回归

反叙事的天空下
玩偶说了算
它们骄傲地宣称——
真理与死亡呼吸同一种空气
同时拥有两叶赤裸裸的肺

它们高歌　玩闹
反对一切可成形之物
赤裸裸地生
赤裸裸地死
仿佛从未降临
不留半句遗言

从未有如此多的孤立无援
被玩偶矢口否认
从未有如此多赤裸裸的生
要听从死者的哺育和教导

软男孩

在机器旁
软男孩被一遍遍
清洗
越洗越空
越洗越透明

它们命令他

起舞
他拒绝——
已栖居半空

他把自己粉碎成
碳男孩　氢男孩
氧气男孩
给机器加热

疲倦
配给他
一个个空罐头盒
他与肉偶独享的天堂
被男孩们抬着
堆积到机器旁

抽象之物

抽象是一支火把
避免人被世界的寒冷灼伤
抽象使你远离了喜鹊
远离了捕鼠器
远离了冒烟的伤口
也抽象出了一堆死亡的形象
这样啊
可以更专心地向春天的布谷鸟求助
向结冰后的哗哗溪流求助
向重新启动的指针求助
向空中划过的闪电求助
但它一定仍然远离崇高
远离不可知之物
在冰冷的尘世间

独自生起一堆火

种　花

　　你在天空种花
　　人是瞎的
　　空气是瞎的

　　青春期的血
　　沥沥拉拉
　　染红了空气
　　凝固——
　　红得发黑的伤口

　　鱼疯叫
　　搅浑了水
　　水是错的
　　缸是错的
　　跟你去种花

　　花多鲜艳
　　用你青春期的空气种
　　用你吐出的鲜血种
　　用你空转的指针种

　　人是瞎的
　　空气是瞎的
　　你在天空种花
　　人形花疯叫

飞出的心

月亮说，心在湿漉漉的空气中
僧人说，心在灼烫的沙子里
青蛙说，心在僵硬的舌尖上
蚯蚓说，心在板结的泥土下
小鸟说，心在朝霞明亮的额头上
你说，心已飞出
心已飞出——
不然
成群的大象不会出走
成群的狮子不会下山
成群的蝙蝠不会摘下夜的耳廓
它们飞到哪里
哪里就落下一阵泪雨
哪里的人群就失眠
哪里的街道就洒满星星的碎片
只有蜜蜂说
它曾经与它一起
乌云下比赛

（选自公众号"诗赏读"）

我仍热爱一场虚拟的建构

/ 周祥洋

不能承受的轻
——他喃喃,"我仍热爱一场虚拟的建构"

I

一月的第一天。黏稠的雾气弥漫街道
我推倒院里破旧不堪的墙。缓缓堆上
枯萎的玉米秆。墙壁染上雾蒙,像我
被潮湿的茎刺刺破的双手。借走父亲
停在后院的汽车,揣着一段水的渴意
行驶到河边,空旷的玉米地旁。灰色
迅速淹没车顶。等待雨刷在车窗摆动
透过那层冰凉的玻璃,凝望一段河水
看清雾气和水流的去向。众多枯萎的
植被蒙上雾水,这是我被困住的小岛
于是我一次次循环原野追逐的钢琴曲
等暮色沉去。当我走到河边,从水中
将它拿起,像拾起漂过的浮枝,那些
纯洁的从雾中流出的河水是来自某个
遥远的宇宙尽头。我想起父亲花架上
掩住枯叶的石莲:究竟?以哪种手势
阻止一场衰亡:我所珍爱的虚拟的建构

II

从未如此欣喜：从一场大雾开进雪中
俄狄浦斯所不知晓的命运之鸟盘旋在
他雍容的头顶，他那因无知而消亡的
双眼。此刻正从河岸回溯，穿透雾气
寻找一场铺天的新雪。我们一同沉默
搁置着灵与肉的话题不去讨论，任凭
两个夜晚。刺破皮肉的疼痛感，顺着
夜晚的空鸣声蔓延。易活的石莲花呀
保持初见时的姿态。那些枯萎的花瓣
掩盖在众多新生之中。我遗忘了多次
无法清晰地描述，那薄如纸张的脉络
和消失的、厚重的多肉的瓣体。如同
无法开口谈论我们前不久失去的小狗
每一次生活都是陌生的。对吧？你看
冬天来了，落雪的草坪仍保持着微妙
交错的兰草叶笼罩着还未浸湿的地面
这些更迭，让我们再一次感到了欣喜
而那些轮回始终都为维持熟知的事物

III

开车载着父亲，路过遗失多年的街道
熟谙的道路上吹来陌生的风声。大雪
正在落下。路灯映亮的雪花扑向车窗
我们感叹起雪花不老的哲学：不出走
它便永久地在固定的天空轮回。那些
轻与重不再重要。覆雪的屋顶，掉落
水滴，把夜晚敲得如此清脆。用耳朵
捕捉热水器嗡嗡作响的密语。侧身时

床板间的咯吱声，本非是生活的本意
伴着声响睡去，是对一场大雪的敬意
卡列宁死掉的那个晚上，我们在墓碑
上写到"卡列宁安息于此。它曾产下
两个羊角面包和一只蜜蜂"
然后一切戛然而止。直到这一场大雪
那只被病痛折磨的狗还有最后的微笑
而后我驾车行驶到河边，玉米丛地旁
但后院的残垣，仍保持着倒塌的模样
我细数起不经意间失去的事物，想起
那些沉重的雪花飘向车身时无法承受的轻盈

镜中列车

铁轨拖曳的金属声线浸入由远及近的鸣笛
又一趟开往北方的列车行驶在路上。这晚
在若明若暗的房间，我将头抵着东方一侧入睡
等待转过边界的时针，与轰鸣穿过我侧卧的躯体
这一切无疑是真实贯穿的：那时隐藏在鸣笛里
有节奏的狂吃声在耳蜗处悬而未决，它碾过
不久将卸下感知的头颅，进入我的破碎的镜面
那是比完整拥有更多表面的事物，比透过一面
镜子要看得更深。渐微的金属声，掺杂铁的回响
在深潭般的夜里，轰鸣着进入我体内。此刻
我想到最贴近列车的事物，譬如，北上西安
透过车窗看着一块块湖面拉远。红轮西坠时
夜幕降临后，再或者，疾驰在墨汁色的夜空里
那时车厢的灯光衬亮车窗，不用回头就窥见过
整个世界。比如遥远，再遥远些，凿开山体的
漫长的隧洞，列车隐蔽着疾驰在群山的躯干中
从车窗一眼穷尽整个原野：从深山开往平原
我遗忘掉第一次看见平原的欣喜，如同遗忘掉列车

多少次进入我。当四野再度沉寂，开向北方的列车
穿过我体内的镜面寂然地消失在深潭的谷底
悬而未决的耳蜗失去听觉，离开我注视微摆的窗帘
与若明若暗的夜晚静静地望着镜中的灯点亮

萤窗异草

树影幢幢。晚风更疾些，天空漫散柳絮
我在湖边静坐，看太阳落进远处的针叶林
湖面保持着翻涌，樟叶在余晖里跳出声韵
金色的温柔，覆盖在每一处未被遮蔽的表面
这时两只鸽子缓缓飞来，又在嬉闹后飞远
两只娇小如同生活里难以名状的事物途经我
我想起稀松如常的时日：晨起泡茶坐在窗边
水沫短暂地浮在杯口，茶叶一片一片地坠下
偶来一阵风吹响窗外高耸的叶哨。午后闲坐
某一处矮凳上，看人群倏尔消散于喧闹以后
傍晚的湖面，水波漾起一日里最温暖的水花
像在每一处隐蔽的角落举起你我陌生的触手
这些平常的事物围绕我，却总是来不及感受
远飏的野鸽将我遗忘，在湖边、穿梭的风里
坠絮，接踵而来的，琐碎之物的缩影撞击我
于是，我退居窗边躲进那片常掩埋我的树荫
晚风更疾些，树影幢幢。这晚暮光透过枝隙
掉进窗台，缓慢暗淡。茶叶冲泡一遍又一遍
滑向平淡的一岸。尝试捕捉孑然一身的生活
透过夜里的窗，天花板的灯管映衬屋内的模样
逝去之物所带来的，远比想要抓住的更为脆弱

致姐姐

十一月。我在虚构的火车上

穿过汉水，从平原赶回我们的深山
漫山的银杏落尽。枯黄的草枝
突兀在隧洞外的风里卷起寒意
你褪掉长裙，换回冬里厚重的大衣
坐在火炉旁对着我轻轻地笑
我想起多年前大雪里消失的那张照片
正安静地被遗忘在某个柜子的角落
那时我们并排站在雪地中，喘着粗气
紫红色的脸庞在接近昏暗的雪景里温顺着
后来，那场雪几乎隐去我们脆弱的童年
和欲言又止的琐事。是的，那场雪
距离我们足够遥远。我们的沉默也是
十一月。你在寒冬抵达的前夜绣好花鞋
拨弄着雀跃，守在我陌生的男人身边
穿过汉水时，我们约定在这个冬天
某个雪夜相见
可是那条红色的长裙，我再也看不见

群山回响

把目光递向深山
在众多深山中。当青色的山的影子交错
一座山扛起另一座
我总能体会目光的穷尽
那天沿大山行驶，到大垭隧洞口
看脚下的城镇：这座狭窄的盆地
充斥着缓慢与衰老的痕迹
在大山上前行，深谙大山的性情
那些峭壁下的村落、稻田
那些城镇间的灯塔、高楼
隐匿在这个鄂西的角落，悄无声息地构建
侍奉深山，胜过侍奉古老的青鹤

赶回故乡的那个冬夜，站在阳台
再一次凝望这片深山上的夜空
明眸般的众多星星，使我缭乱
这些寂静无声的存在，承载着众多
悠远的回响。惊起几声阳雀，划破
此刻的宁静。我记起许多温柔的夜晚
躺在床侧，听见群山的回响

（选自微信公众号"镜诗社"，2023年2月3日）

另一个父亲

/ 薛松爽

雕 像

他又一次经过那一尊雕像。
这一次,他发现它裂开了
头颅滚落在地,胳臂,手掌散落在石头上
他在那方形基座下站了一会。莫名的
痛楚让他全身凝固在一起
天暗下来,
他看到一个模糊的形体在空的基座上

另一个父亲

我们的父亲,每个清晨,在我们起床之前
送来一把鲜豆角,烧一壶热水放在桌上;
而我认得另一位父亲,这么多年
他只带给我一道大理石的背影,和沉默的一句话——

山 丘

浑圆的山峦在天空的灰色中迟缓着轮廓
而在坠落的细碎迷蒙的雪朵中,它被覆盖
呈现浅灰的线条。从冬到春,它慢慢变绿,始终

像一个坟丘，一部空白之书因埋葬了历史的无数言辞而沉默

孤　掌

孤掌缠绕不息的悲鸣。
在凛冽的空气中，每一只手都是有罪的
但也都抚摸过孩子额头，安葬过慈母
孤掌之雪是一种无名之哽咽。

圆　月

圆月出现了缝隙。犹如镜子的乍然开裂
裂缝让圆月一瞬间射出异样的明亮光彩
镜子会"哗啦"一声，坠落在地
每一块碎片都映现一张面容
现在，在圆月中，这一张面容依然是完整的
它有了裂隙，但还没有深夜的哭声。此刻的悲伤依旧是饱满的

母亲的葬礼

在母亲的葬礼上唯有一人缺席
她是母亲
她从不参加葬礼，哪怕
是纯白如凤仙花的一场葬礼。
她踩着大雪去了一个地方
那里有一处房屋正在
残雪的地上动工
母亲要劝说这个村庄所有的泥瓦匠
都加入盖房的队列中来
她一家家奔走，膝盖上沾满泥巴
在那个积雪覆盖的村子
人们慢慢聚拢到一起

为这座黑色的房屋增砖添瓦

柳　枝

你写下的文字最终会变成无边的空气。
而偶尔会有鹅黄柳枝的出现
有时甚至是一株完整的柳树。
它们在空气中浮动，汲取着营养
看不见的根须，黑、褐，或者红色
扎进雪地蜿蜒的河流中。河流汩汩
散发出热气，仿佛一个不竭的灼热泉源。
柳枝中会有一张坚毅的母亲脸庞，但
更多的是，一两枝柳枝随风飞舞
勾勒出人世潦草荒率的线条

荷　塘

冬天的空气像一块冰。因为寒冷
人的动作都像是清晰的挣扎
荷塘中的人显出黑色，白气从头颅喷出
冰结满池塘，在一些根部露出尖刺
衣服丢在土上像鸟的尸骸
新挖出的淤泥乌黑湿润，没有一丝杂质
莲藕带着泥摆放在池岸上
如一节节的人体。没有风，
日头高照，莲藕上的泥巴开始发灰
那个人已经深入池塘中心
在镜子般的反光中，他像被吞噬
更深地弯下腰，将手臂伸向
淤泥底部，一个新的生命就要诞生

严　寒

那些黑色柴草在冰块融化的时候散开了
而一些面庞会一直封冻在冰块里面
鸟在头顶枝丫上鸣叫，飞翔
讲述一场婚礼或者相似的丧事
需要一场更深的严寒，才能将
这些脚印贮存于一块冰内
将清晨映射的身影，夜半的呜咽
刻印入那半透明的淡青。
一块冰有无数敞开的门和窗户
你看到父母，和衰老得和父母一样的自己
无数人的身影重叠成一团墨痕。
阳光照彻头顶，融化到此
为止。他们低头说着已不能理解的语言

冰　块

一个人俯身冰面书写
整个上半身几乎与冰凝结在一起
他的笔尽力在青色冰面刻出字迹
他的手必须不停移动，才不会被冻住
起初他打算撰写一部编年史，后来
他开始写一本有着明亮结尾的童话
这些字迹也许迎着太阳能够看到
但阳光也会给它们带来灭顶之灾
冬天在持续。冰在迅速凝结
冰块会竖起，带着刻写的痕迹
他的整个人都嵌入冰块，透过
光线，能看到他依然俯身书写
而从另一个角度，他似乎是在冰块中飞翔

喜　鹊

一只喜鹊撞在冰封的坚硬的大地之上。
在眼眸闭合之前，它的身体内
散发出雪粒，种子，石子，婴儿的
深夜啼鸣，一口深井，一个雾霾帝国
在冬天它飞过干冷如面的空气
每一个村庄的上面都流淌着一条河流
喜鹊沿着河流的河岸飞
像一颗黯淡星辰
它的鸣叫融尽在空气里
村庄里有老人逝去，小小的院落里
凝结着一些白。那些哭声听起来
像是长出来的植物，又像是土地
本身的声音。喜鹊一点点变成
一团羽毛，牢固地附着在土地上面
直到开春在一阵风中蓬勃飞起

清　雪

女儿执意回到住了十三年的三十平方的老房子去看一看
其实什么也没有了。你走进去只会发现它的
窄小，寒碜。
而女儿脸上的焦虑显示有另一种东西
她不说出来。当她刚开始学会说话时
用彩笔在卧室门的低处画过一头类似麋鹿的事物
也许它早已长大
它吃我们剩余的食物长大
吃女儿的橡皮和废纸长大
现在它卡在狭小的房间里动弹不得
呼吸稀薄的寒冷空气。

当我们住着时,它小小的身体走来走去
在隔壁房间发出窸窸窣窣的声音
无数的冬天夜晚,我们从窗户
能看到外面楼顶坠落的白雪
它站在阴影里
在清微的反光里
沉默着一点点长大

河 床

河水断流之后,整个河床就袒露出来
孩子们欢呼着跑到河的中心去
天空垂下来,填补河流留下的空隙
一群孩子就站在空气和光里
一整晌,空气凝滞不动
孩子们俯身在淤泥里挖掘。想要
把隐藏的东西掘出来。他们
只挖出了一些根茎、蚌壳。几个孩子
头抵头聚在一起,像河床的花蕊
平日里深幽发蓝的水下到底隐藏了什么
它们随着河水的消失一同不见了
只留下这些污泥。远远望去,河床
并不空旷,比平日里更像是一个怀抱

石 头

石头在滴水。一滴一滴
石头的内部有一口幽深的井
看不见的井绳将冰凉的水一点点打上来
井绳深入到黑暗的深处
看不到亮光。只有铁皮碰撞井沿的声音
井绳如此细长,而水的到来又如此艰涩

那水也是一年年渗透而成
包含了稀薄的空气、冰雪、飞鸟
枯枝败叶，和一头斑斓猛虎的死亡
那水只有一股清凉的味道，再也没有其他
就像一个哑孩子一开始
只是想说出不同于大人的语言
不同于其他孩子的语言
他结结巴巴，直到发明一种自己的语言
这时候他就不再说话
只沉浸于沉默的语言之中
没有人知道他的欣喜
他一个人走在上学的道路上
如同各种事物通过狭小的路径走入
一口深井，又被一根细绳在深夜汲出

（选自微信公众号"送信的人走了"，2023年1月9日）

不要让太阳月亮唤醒,他们永恒的蓝
/ 苏拉

蜂 鸟

因为我会遇见你
销魂在破损的倒转的时钟里
振着小翅膀,到浓雾里采蜜
畅饮永恒流淌的死者之银
直到人间欢笑洒落草丛,我们就
碎成玻璃,消失在克莱因瓶的反光中

梦 貘

食梦兽的脚步
近了
鲜花石油,自地底的低吼
大海,在它的脚步中
    溅起波涛

它侵略边境
在大地焚烧的
瞳孔里,金属的喘息
如暴雨,如光
彻夜收割影子的自由

女人梦着
头发生长，飘动
那疯狂的峡谷
又愈合了
那皮开肉绽的黄昏星

淘气地，砸出一个
又一个世界
在明日完美凝固前
将空心的肉体
扔入多孔的黑夜

白孔雀

是一种目光或一缕烟，
从侧面飞过的一刻，被风打开——
一团概率波，长满绒毛的杯子，
还浮着傍晚忽然落下的坠毁火星碎片。
她是黑洞美妙测不准的白色心跳，
飞逝的枝丫企图钩住的光芒里
轻柔驰来的隧道
随优昙婆罗花绽放
以分解的姿势踩在不断延长着边际灰与银的夜曲中——
在后退的，柔软身体。海水。

饥　饿

饥饿是月亮上的蜘蛛。
慢慢垂入
监狱中庭，旋转着，
用它细细的歌

吮吸水泥地的倒影。

整夜流星敲打屋顶，
群山熟睡在铁的怀抱中。
　　　蜘蛛挥舞触肢。

一个接一个，囚犯的梦
流进毛茸茸的口器。
枪击，奔跑，河流
将它充满，飘起来，
一个不知所措的气球，

直至它填满夜的界限，
铀一般炸裂，变成
一个耀眼的世界——

青　蛙

我始终想起的透明的青蛙，
以及它被照亮的瞬息。

傍晚瞬逝的暴雨，
一座点满火把的小城，
人群散落在水边阶梯。

它趴在手心如同一个秘密。
一片夏天的雪花。
透过灯一般的皮肤
我能看到
它心脏微小有力的鼓动。

那是仅有的时刻。

浮现如一个涟漪，
一个宁静的环。

接着嘈杂声涌上来
一只只纸船流向燃烧的河面。

一只大象走向死亡

一只大象走向死亡
雾还在山上。巨大，缓慢的
迟疑
跟随它，越来越浅的足印
像寡言的诗人，写不出最后一句
当它在寂静中跪下
一个春天的早晨，落到了它背上

蜜　蜂

大地仰躺，
手指嫩绿的火焰间，
蜂群飘动。它们集体的
灵魂绽开如一朵雏菊，
分泌着阳光。大树
吐出烟圈，
掌纹般温柔的生命，
从地面将我徐徐
拉入蔚蓝的波涛。
翻滚，像一颗生长的陨石
滑入宁静的太阳风暴——
蜜蜂舰队驶近，聚拢
围绕我热烈地圆舞，
举起，抛出我，

白炽灯猛烈咳嗽着,
挤入高烧的瞳孔。
一束束流浪的子弹,嗡鸣
在哐当的地铁,奔逃的人群
大腿不断涌出的血里,
它们饥饿地狂舞着,
在铁皮仓房四处漏下的雨水中。
高楼的号叫被夜空录音,
一遍遍播放,寻找耳朵。
群蜂失去意识,胡乱
书写发光的数字,
蠕动如乱棒下的幼狗。
每一只蜜蜂,被蜂群
牢牢吸住,像压在石头下
不能起飞的遗书,
它们榨取彼此的蜜,
金色焰火般生长,交尾,
衰老,坠地,
它们筋疲力尽,像雨滴
挂于黑色荆棘,
在风暴熄灭的海岸,
当不断回头的陨石,
看地球在无边黑暗里,
熊熊燃烧——
坠落的石头
停顿在空中,
天空撒下透明的种子。
于是我跟随它飞舞在时间里,
朝向遥远叶子的笑声,
闭上眼,张开双翅,
在褪色的阳光中。

海洛与利安德

不要让星辰坠落。
打开这两具骸骨的浪涛，

风暴紧握罗盘，
一盏灯睡在狼群的梦中。

风中失火的玫瑰。
最后一次，
她以燃烧的头发升起信号，
亡灵涉出海水的迷宫。

不要让太阳月亮唤醒
他们永恒的蓝。

灯塔用尽了心跳——
黑暗的打字机，
流出一首星辰组成的诗。

月　光

七月，山火席卷街区。
高楼焦枯，
工人成群脱落。
堆砌在地球的暂时停转之中。

德彪西轻按琴键，
月光升起。
哦，烟雾的旗帜。
冰凉地抚摸河流的伤口，

白鲟跃出。

女人从重聚的梦中惊醒,
起身寻找一杯水,
赤脚踩过
一粒粒琴声的碎玻璃。

如果一切都是善的,
即使死亡在遥远的焦土
迸放如小小的烟花,
即使黄蜂久久萦绕在被捅碎的窝外。
月光转动,
宽慰影子般的枝杈,
一节节点亮黑暗的铁轨,
当失去车头的夜晚滑行而去。

高楼间,白鲟游弋,
女人走回睡梦。
月光生长着枝叶,
带领我向下,
进入音乐沉默,辽阔的根。

水仙山

多棱镜面,水仙。
晃动绰绰绿影,
在虚无泛起涟漪的地方,
阳光穿梭,与空气

碰击蝴蝶的酒杯。球茎,
剥开幻梦的细鳞,大地,
透过叶尖呼吸,波浪,

有涌入眼睛的渴望。

而四面八方的镜子
困住了繁花的手臂，
当金光闪闪的肚皮舞娘
渐渐停住迷狂的旋转，

她斜过头，看着你，
喘着气微笑。
世界就在那里。

（选自微信公众号"诗歌岛PoetryIsland"，2023年2月3日）

捕蝶记

/ 商略

过横溪

借宿的竹榻悬在墙上
看过的溪水剩下几块白石
这是唯一没有腐朽的

消失的归于尘土
活着的守口如瓶
过去的世界不会发出声响

秋光寂静时
心跳放缓，变得迟钝
我在敏锐度上所失去的

在缓慢中获得
坡地上，万物离开后
留下重重阴影

光漏过板壁，触碰灰尘
这时即便一粒尘埃
也并非一无是处

厢房墙壁，还是当年报纸
我如果再读一遍
时间或许会倒流

门前溪水将重新淹过石头
而我依旧在竹榻读一本书
听山风伴云雷滚动

那时我筋骨强韧，无所畏惧
那时，我做成了一些
至今无法做成的事

小山夜坐

时近小雪
一山虫鸣
如星辰闪烁
令人感伤
它们有多少时间
可自在地歌唱
而它们中的哪些
能熬过寒冬
一个小县城人
坐在山顶
他的想法和孤独
都是小县城的
透过枝叶缝隙
他看到由尘埃颗粒
构成的县城街道、河流和房屋
这世间的尘埃
正在夜色中冷却
并缓慢地

在他心中落下
是什么孤寂和无名的事物
或哪一个伟大的自我
建立了县城秩序
他想到的是——"精神"
无数这样的尘埃
构成的精神
寂静而又压抑地
落满县城山野

雨窗即事

程于冈《雨窗即事》说——
"四窗壁虚容易白"
简单生活,易生虚无
四窗板壁虚无时
约等于一个脱离是非的真空
我们扶窗说话
俯视虚无的长草
三百年了,窗子里看到的
基本没什么变化
无论秋雨湖汀
还是山腰的鸠鸟和雾屏
或"愁深谁足语"
但有一点区别——
变电所的屋顶
上个月刚漆成银色
闲地蔬菜又一次被推土机轧进土里
河边拎电瓶的猎鱼渔人
为着某个不可及的目标而尽力
愁依然深,但它们的构成
今昔已不一样

龙山寒
——怀戴良

水池尽头
已无佩玉流声
竹子摇动时
秋风暗来
曾经徘徊水池边的人
消失几百年了
一池密密的碎萍
替我们阖上
往事的眼睑
只有石阶绿苔没有变
只有我没有变
像苔藓一样活在溪坑
不会再有过于伟大的记忆
只有一颗过于渺小的心脏
敏感而脆弱
像麻雀一样跳动不止

（选自《诗歌月刊》2023年第2期）

春风过处

/ 袁磊

红嘴鸥

  红嘴鸥成群结在湖面上
  俯冲，斜刺，翻转，抢食小鳊鱼
  刁子和美餐，发出嘎嘎的声响
  几只大的收起双翅静静浮在远方
  享受着湖面薄雾，自由和荡漾
  远处点点水墨，是巨石和汀渚
  半隐在湖面水光的反照中
  是逝浪执着的形状。翻过栅栏
  蹲在白鹭单脚伫立的岩石上看远方
  泼在岩边的鸟粪被我视为午后的
  发现和遗产。要在湖边蹲多久
  才能拥有鸟儿的神态与梦想
  在人世里，也能心随水波荡漾
  站在红嘴鸥这边，在众人的对立面
  让流水与薄雾替我偷偷长出翅膀

在群益村

  在梁湖边栽种桃树、垂柳和竹
  听得见水声，可眺望虚空与薄雾

此刻，我醉心于世外之物
什么是世外之物？诘问来自油菜花中
拱出来的那座孤坟，短暂的对视
暴露了我的虚弱。我低头，视线贴着
它松垮的软泥和旧年的几株插青
蜘蛛垂吊空中，已在塑料与油菜花间
完成白天的工作。微风过处
似乎有人喊我，隔着薄雾与鸟阵
我被搁在一种潮湿的两难中，不知
进退，像逼着自己要交出什么
绝对不是虚构，也不是发泄或揭发
但确实困在群益村虚构的乌托邦中
修剪着那么多枝叶、湖泊与想象
然后将虚弱一次次投递给天空和远方
抓起身旁一抔黄土后，我转身
捏了捏自己的头骨，回到了自己
交出的汉字和流水中

八分山观落日

是的，在八分山顶落日如此孤独
我站上岩石拱出的高地，借来
孩子的望远镜，只想再次确认长江
在群山与云雾奔涌的尽头，落日
之美，是与群山、云雾互换的胸襟
我再次需要放下自己，向落日
托付骨头和姓氏，与碎石、草木
结成兄弟。我看见观景台上
那么多眺望的人群，向落日
频频托举着乐章。坐在飞白亭旁
那块将军石上，我一再地放下自己
接过夕照递来的戎装。春风过处

我听到骨头里利器撞击的声音

梁湖颂

湖边待久了，就喜欢追着鸟阵、云雾
和片片浪花、虚无，给礁石和青峰

重新命名。在蒹葭与芒草间
在鸟儿操心的世界，寻找世界

和桃花源。在人群和现代文明中
缺席，在雨雾中重新确立

籍贯、身份和语言。但雨雾让这世界
几乎消失，却又从红嘴鸥的呼唤中

淌入野蒿林：作为仅存的世界
一直在呼唤。那只丧偶的黑天鹅

不知又钻哪去了，沉默、孤独、隐忍
拒绝同类。而雨雾却从天边坐下来

把我当作鸟儿的同类，倾听湖上风云
就能长出洁白的羽翼和长长的喙

所以我一直在寻那声呼唤，从雨雾
穿过雨雾。是孤独在抵达孤独

我深信在雨雾背后，在水天相接的远方
一定有一条路，通往世界重新命名的

坍塌的某部。但我早已习惯

在梁湖，迷途就是归路

守住这些草儿

慢慢走近的是湖腥、蛛网、浮土和忧伤
水，从四环线下赶来，它们刚刚经历
霓虹与喧嚣。经历过动荡的水
越来越贴近自己。水上有星空
也有构树、履带吊和挖掘机
编织的倒影，和刀子
我俯身而过，荷香一阵阵追来
比我更有耐心。我在栈边斜坡上坐下
看水，看莲，看夜空，看水下
暗涌，看落在水中的身影
看这个变坏的世界，看到流泪
而栈边野草、莲、桂树比我坚定
岁岁枯荣，岁岁守在这里
似乎在教导我，守住这些草儿
就能守住世事的悲欣
而越到栈道深处，我越有信心
草木葳蕤，一株牛筋草咬进石板里
与它对视时，我是荒寂

听四声杜鹃

对于四声杜鹃来说，黄昏是最大的
美学。多年了，我一直在湖边

找寻这种鸟。鸟儿躲在哪儿呢？
风吹芦苇，细浪一阵阵送过来

而浅水湾，红嘴鸥在抢食晚餐

白鹭正向归巢打开翅膀。那只麻鸭

抖擞脖颈,浮着落霞又向湖心
荡回去了。唯有四声杜鹃

躲着世界,又歌唱世界
我远远地守着这声音,直到暮霭

从芦苇荡贴过来,隔着水声
和归家的汽笛,我就快要加入这种

声音,开启一个全新的世界
与湖风、草木与野禽组成新的家庭

但多年了,我一直未能寻到这种鸟儿
胆小、敏感、机警,有我从小地方

带来的习性。不筑巢穴,不哺幼雏
藏着自身。天黑以后,四声杜鹃

不知还在呼唤什么。守在北咀村湖边
望着暗夜下闪烁的航标,我不知道

在躲着什么,也不知道该去往哪里

苦恶鸟

梁子湖北咀村芦苇荡,牛背雨
从水杉林贴过来,又拐入小湖汊
风浪一浪高过一浪,拍打礁石、浅滩
和雨雾。我缩在芦苇荡边瑟瑟发抖
一只苦恶鸟趴在蔷薇丛,捂实那一窝

鸟蛋。盯着我，抖了抖脖颈
我摘下口罩，与苦恶鸟待在一起
雨越下越大，浪越拍越急
苦恶鸟一动不动，我也蹲在那里
直到雨滴挂上芦杆、蔷薇与发丝
雨帘升起后，苦恶鸟似乎从这个世界
消失。雨幕中，我也快要忘了自己
直到一道惊雷在北咀上空炸起

雨雾中，我似乎也长出了羽翼和喙
在这变坏的世界，守护着什么

（选自《人民文学》2023年第2期）

诗集诗选

《清空练习》诗选

/ 周鱼

诗

这并不是一件
在抵抗虚无的事。
它是虚无中的一员。
是奥克诺斯在编灯心草。

在要编下一条时,上一条就被驴子吃掉。
奥克诺斯被吸引,他手指间流曳的
光,这在每一瞬间消逝之物构成了
他漫长的日子,这是多么真实!

相比之下,那座他建立的曼托瓦城
是怎样地与他无关,怎样不真实的虚妄。

祈 求

每次她来到神的面前,跪下,
开始祈求时,她都制止那种
想要得到具体某一样事物的言辞。
她只祈求"请让我看清我想要的",
"请让我属于我应该属于的",诸如此类。

她想，她自己不能说，不能说她不知道的未来，
不能说任何她没有得到的事物，先于
那唯一知情者的指明。

两种生活

午间，一日里画出的休止符，
我躺在床上，盯着白色天花板，就在那里有
一种诡谲的光。
好像是事物的真相，会把我看穿、拉伸或融化，
是一种真正的本质，与会在人的梦中
所发生的类似。

躲避至亲之人的探望。当父亲
的声音进入这个房间，我就从光的诱惑中
抽出自己，从口中推出乡音
做一会儿尘世的女儿。

诗歌找到了此类人

听到过安静的夜里，天空中
发出的一声巨响，
像是雷，又像是炸弹。
（真相无人得知。）
然后，夜晚恢复，天空收起
它的豁口，
然后，无尽的沉默，
然后，那响声在这沉默里面被拉长，一直
巨大、沉缓。

这门语言

白色的霜冻的屋顶
在六月的炎热中。
我将继续学习这门语言。
大路不在这儿。羊躲在
屋檐下的黑影里。它的双目
透光。我们的信件,从未寄出,
却从未被错过。
河流运载着
一艘乌有的船……

未来之眼

夏天,在这个南方城市里,闭上眼
我就看到皑皑白雪。一扇剧烈摇晃的
窗景,你若经过我楼前你会这样看到。
曾经另一个冬天的小房间里,
两个女生吃东西看电影无所事事,
影碟是专程跑老远淘的。
她们看恐怖片,看沉闷的文艺片,
好奇那些光影交织出的生活的内部,
那些惊吓带来的愉悦,和痛苦的明亮,
那些在她们体内埋伏的炸弹,每个身体里
都有两枚,一枚蓝色,一枚黑色。
许多年以后,我开始明白它们
是共存的,所以共灭。每一次
同时引爆。(喜悦与恐惧的雾气
相互结合。)那时它们隐隐地
在时间的脉搏里跳动,夜里她们伴着
模糊的声音沉沉入睡,窗外

中原的风雪交加，扑在窗玻璃上
像一只只未来之眼，回来窥探她们。

她已经熟知

她已经熟知那片会不断没顶的黑色潮水，
但是她再一次游向那个玫瑰般的中心，
当她望见你温柔的含有水分的眼睛。
她知道这一次可能也不能例外。

但是那份长在内心里的不灭的、
虚幻又永生的发光体，
让她知道她的身体可以再一次
在被熄灭之前去燃烧。
而现在这肉身正芳香，变得多么真实。

情　侣

一看便知那是什么。
他们一前一后，或者说
他跟随着她。
他会带着一种贵族的笑意
品味着一盏吊灯和桌子，
她会缓慢地挑选着书架上的书
用她优雅的指尖，
左手红色的书
与她的黑色大衣正好相配。
一看便知他们之间有着四个人，
两个暗淡的他们自己，两个
他们为对方创造出的自己，
明亮的。再没有
第五个人的纯粹的

时光。

隐　居

从五月开始，这成为现实：
一个寂静的小城，向她张开
一层层彼此相像无奇的花瓣。

阳台上几盆植物
在安静地燃烧着往事。
含羞草在鸟鸣中渐渐舒展的时候，
她正从累积的劳损中渐渐恢复。

但今夜还会有石子们
在她的新屋顶上滚动。
此刻晴朗日光照耀，不察觉
几道不减威力的闪电在她的身体里隐居。

人们过于迷恋

人们过于迷恋自我，而反感于
从他人那里看到"我"
不相信在这个字里
住着一位神。

这个字若崩塌，神将披着黑色的斗篷
穿过昏暗的田野，不为任何人所识，
任何人都失去了教养，失去他者。
不再能在高高山顶，辨认苍穹上

壮丽的银河带，那些仿佛就要掉落
又永不可触及的星星

如何被我们每个看见,然后
把我们每个融化。

镂空花瓶

  从隐约的视线之中,我看见
  那弧度,那弯曲的。
  我知道,那丧失的,永远不会消失掉。
  它因此才被称为"丧失"。
  抽离了身子,却
  留出了更多。
  看这个花瓶,匠人打造
  它其中空着的部分——
  来使它成形。多么可怖,
  现在,我正望着这部分形状
  在自己身上渐渐成功。
  望着命运的手在工作。

(选自周鱼诗集《清空练习》,长江文艺出版社 2023 年 3 月)

《他们改变我的名字》诗选

/ 李琬

深 歌

合适的词总是稀少,飘荡在
不相干的人群之间,
是湿雾的眼睛说出它,而非语法。

节日要到来了,歌唱和深夜却要分离。
好在马蹄跑得很慢,秩序继续摇晃,
灯笼的香味催熟生疏的芥末。

只有在这时,车窗外的景致销毁,
金子的嗓音将沙尘替代。
一小块命运,像还未谋面的博斯普鲁斯
来到我的手中,刚刚变得温暖,
反射着另一种时代的幽蓝。

是你的手让我想起石头,连接着
大地中长久的情绪,
已摆脱了我们,甚至它自身,
无数次变为泛滥的河流又裸露回去。

萨拉齐

这是些住在隔壁但从未到来的
真理，披着羊奶色头巾
在晨光浸透的灰尘中寻找零钱

在低处，空中降落的银色尖刀
停止了驱赶，屈服于地面的力
变得软弱、暗淡，和景观如此协调：

世界从上到下更换过了
但总有些梳毛厂，露出沉默、坚硬的铁锈牙齿
吸满搬运和开裂的声音

那些灰绿色桥洞和稀疏的叶子一样干干净净
少数上班的人从中穿过
步行，或骑自行车
把氧气输送到空白广告栏的单薄肺叶里

路过那些招牌，一切可被吞吃的字
让人想起，平日里在头脑中费力修剪、跨越的岛屿

有时候，它们拥挤得转不过身去，有时候你又很难找到
需要拜访的那扇白铁门
——把街道的背面和正面连接在一起

它们仿佛表明
不光明的事物将要持久
那些不能被别人夺走的
只是一些气喘吁吁的时间
像一个无法奥伏赫变的城市跟随着我

在印厂车间度过的

没人问过,我们如何为美而劳动?
这仿佛是令人羞愧的,我们为二者都感到歉疚。
但美的确要求着劳动,
还包含了隐匿的暴力和专横。

这符合郊区的心脏:纯粹,笔直,
像电线上的鸟,彼此相邻但并不纠缠地工作。
光线在阔大的车间里编织着人脸,
削减着多余的情绪,留下精确的表达
和一些超越自我的成就。

整洁从这些面孔和肢体的缝隙之间散发,
而结果的整洁,也不过是他们的延伸,
他们和美之间的直接性,
正是一个摄影师总是看见
市场小贩手中一条鱼的实体,而非看见一团扁形银色时的
那种直接性,提示着生存与必需,
一团空气
必须在囚犯陀思妥耶夫斯基脑中循环
以维持他生存、理智、不发疯的那种必需。

变化当然会到来,只是在重复中完成。
色彩加重的声音是我们把铁锈变为钻石
并送给未能见面的友人的声音,我们只有敲击
纸面的墙壁,才得知了对方的存在。

这时,物质还未被出生和毁弃,
只要一些轻柔湿气,微尘四散的力
就被固定在平面上,

它们在寂静的压强中紧紧团聚，
不断加深心智对辨别力的认识，
直到这些灰度的颗粒吸满了明亮的秩序，
再次从空洞的地面上站立起来。

在白杨的金色蓬松的叶片中
鼓胀，并反射着比人类情感更持久和丰富的
自然物的光辉。

陨　星

秋天带来暗示：
夜晚充满逝去的精神。

匆匆离开地铁，
我该努力关注
近处菜肴的知识：
怎样交叠又拉开距离。

想起心灵的本质，
像是一些辛勤的同伴
耕耘无人欣赏的远郊。

我打量陌生的车站，
这里曾有小商铺，托运站，
还有居所和时间，
更早的时候，或许还有舞女缝制旗帜并哭泣。

现在是窄窄的一束：
我们在不被允许的地方碰面，
细长的电波，还没到挥霍的时候。

尽管不再有剧烈的审判，
但也从没有坚固的邻居。

总之，在开阔的地带，
也要与卑污周旋。

理想，把那写满被浪费的电码的字条
递给我们。

特工还在旅馆窗外徘徊，打鼾与失眠。
高楼上平静睡眠的灯光
注视着房客起身，
穿上下一个新我——

你曾不同意这种消耗，
但小雨的街道默默反驳：
那些亮丽的生活已被抹去。
或许落叶的扫除也是一种建造。

我们并不孤立，
很快，我们就将在幽暗的折磨中

将爱的铁马掌钉牢，
把人的性质锻炼为新的陨星。

冰　凌

在大型购物中心的门廊下面
拉丝尖头灯在下着
口吃的雨。

更多的凝结，模仿着

我们困难的转折，
掩埋一座不会复现的城池，其中曲折的小路。

我捕捉着哪里传来的
祈求般的倾诉；
星期六，忙碌的黑洞……神……你错了。

公园里的景色还未被创造；
此处世界，唯一值得的怜悯是让人付钱。
几个卖花的人贩卖未来瓶子，
你该接住它，迟早要融化的。

地下通道的萨克斯手
用俄国歌偷走其他声音：
每天只能喂养下一天，这就够了。

天空把箭镞射得太远！
哎，我只是赚取别人重复的
并且日渐减少的生命。

（选自李琬诗集《他们改变我的名字》，长江文艺出版社 2023 年 3 月）

第 38 届青春诗会诗丛诗选

新　雪

　　醒来：黄金的冬天透过玻璃，
　　照进房间，钉住了时钟。
　　衣帽、镜子和鞋……仍在原处，
　　它们渴望我穿上，成为昨天的人。

　　世界在下雪；你在我身边熟睡。
　　对于突如其来的幸福，我们
　　总是一无所知。时光凝结在窗上，
　　仿佛我们不会衰老、流逝。

　　寂静和雪一起降临：一切是洁白的，
　　包括风，包括我们。天空初蓝的眼睛
　　在地平线上闪烁，大地的建筑
　　蜷缩在梦境里，像动物蜷缩在毛皮下。

　　我重新睡去，不敢惊扰室内的星辰。
　　那份秩序来自远古，并仍将持续——
　　什么事也没有发生；除了一阵最轻微的
　　呼吸，把我变成了另一个人。

2016

安迪·沃霍尔镜头下的少女

大厅空了,四周只剩下我们。
九张脸像九面镜子挂在墙上,
映照出一个昏暗的环形空间;
我在里面漫步,像一匹马走入黄昏。

低头抽烟的鲍勃·迪伦
和对镜头喝可乐的娄·里德,
分别被安置在她的左和右;他们
对外部闯入的秩序从不在意。

只有她,察觉到我眼底的空虚。
隔着无法穿透的灰色,我们互看:
一对虚构的情人;我想象她静止的
欲望,如一件半明半暗的瓷器。

在她短暂而循环的凝视下,
我变成一种静物——
尽管还能思想(只要我愿意)——
变成她闪动的世界里一小扇黑暗。

半个世纪过去。我知道了
这位少女的名字。用于凝固流水的
摄影术,替每一位观看者保存了
这段持续四分钟的爱情,还有

她曾经耐心、甜蜜的试探:
眨动双眼,睁大,颤抖着
松开两片唇,又像蚌壳那样
收缩,轻快地咽下缄默。

这无声的对白与光……
来自 1964 年的美的震颤。
注视中,我感受到了引诱;
即使时间巨大的发条在天空拧紧。

我无法就此离去,既然
辨认出她的美属于永恒;
我也无法靠得更近:她永恒的
美本身,就是一种拒绝。

(选自陈翔诗集《新雪》,长江文艺出版社 2023 年 1 月)

山林上的光

光从山林上方涌过来
无限的光,有时是在睡眼蒙眬
的清早,有时是在风雨消歇的黄昏
光把潮湿的土地变得真实又虚幻
无数的人从光里,从山冈背后涌来
漫过了稀疏的山林、架子车轮
碾出的道路。在这些人里
我只能认出非常有限的几个
我的爷爷,他的邻人们,入伍没回来的人
被驴踢死的,和山神结了婚的人
我站在门前,痴痴地流着哈喇子
等着他们,带给我一点吃食
他们往往只带来一张黯淡的面容
年幼的我很早就明白
这光最终会消失,他们最终也会
我终将去远方,乘着风
一如偶尔会浮现的彩虹

想象瀑布

在黔东南玩,谋算着
去黄果树,但未能成行
遇雨,崴脚,和友人意见不合
就像此前生活中一连串
说不出口的不如意

一日梦醒后
蓦然想到瀑布,巨大的
白色液体,自天而降
钝拙的轰鸣从皮肉锉入骨头
更使我出神的,是瀑布中
一小部分,以水沫、雾气
的形式,从深渊里上升
轻盈地,转瞬即逝,前仆后继
甚至连声音都没有

念及此,
我忽然心头发热
眼中有了泪花

雪的诗

而雪瞬间就涌满了世界
虚室生白,白了前额
白了手脚,白了前半生

而你永远省略不了
雪落的过程
雪落在太早哀伤的眼眸里

落在除夕的红窗花下
落在夜半断枝的脆响中

而父亲在雪中挥舞着镰刀
初嫁的姐姐走在乌鸦乱叫的山上
向往幸福的林教头走在
字里行间翻飞的明灭中

而无雪的地方，人们
从不眷恋空寂和荒凉
的好处，赘肉多了起来
炎症持久不消

（选自程继龙诗集《瀑布中上升的部分》，长江文艺出版社2023年1月）

夏天的喜剧

晨起的练功者，
徒手劈开无籽西瓜。

夏天并非匀速推进，
烈日
一阵阵冲锋。

擦汗。
三遍，四遍。
多疑的厨师，用录音机收集
烤肉滋滋冒油的证据。

白色椅子升高，
程序员编写人类繁衍的代码。
梯子攥紧通行证。

黄昏洗净案板,切割时钟。
齿轮反复咬合。

游荡者,
被石子袭击。
午夜时刻,钢筋自主进化。

当有人问起沉默

说出第一个词,错误就已开始。
这不是生与死的抉择,
这只是餐桌上爆裂蹦起的黄豆,
是春风、雾霾和语言的压迫。

沉默并不充实,开口也
未必指向空虚。枣树盘根错节,
滋养蚁穴、缠绕废弃的铁,
地下的褶皱比地上更广大。

当有人问何为沉默,请咬开红色果肉,
看牙齿和枣核短兵相接。
文字横平竖直,却曲径通幽,
沉默就是剥开火,取出蓝色。

是并排的树,树梢有弹性的风。
是眉毛上的灰尘,一拂就掉进眼睛。
试图在树下睡放肆的大觉,
沉默着醒来,野兽在光里走动。

与奶奶谈论死亡

"我想死"
今年,我没有反驳。
来自 99 岁老人的微弱短句,
意义明确,无法质疑。

"你想吃什么吗"
食物是人类最容易满足的欲望。
提问者毫无负担;
听者被唤起念想,时间充满
弹性和意义。

(选自何不言诗集《夏天的喜剧》,长江文艺出版社 2023 年 1 月)

春　望

喧嚣太盛大了,只有远山的草木替我们
承受着恒久的沉默和慈悲
因为尚有露水,得以拥抱汹涌的人群
因为低过尘埃,得以望见满天星斗

今年办了两张残疾证:一张母亲的,一张堂弟的
今年流过两次泪水:一次送弟弟当兵,一次
望向葱茏而辽阔的山河,天地茫茫,不见一人

锄头叙事

在我的家乡,那些扛在乡亲们肩膀上的
被随意丢放在屋檐下的锄头
最后都成为埋掉他们的工具

一把把锄头,从祖辈传到父辈
　　又传到我的手中,我用锄头
　　埋掉了爷爷和阿婆,用他们教我的
　　使用锄头的技巧,和播种的方法

　　如今我常回到乡下,教孩子播种
　　小女儿丢下种子,笑声烂漫
　　大女儿扛着锄头,嘻嘻哈哈
　　我接过锄头,战战兢兢,跌跌撞撞

我暂未到达更高的山峰

　　往洲上坪望去,最高的山,当数和尚山
　　往和尚山望去,最高的山,应是吕洞山

　　在吕洞山上,一只黑白斑点的小鸟
　　站在最高的枝头

　　在湘西,我暂时没有,到达更高的山峰
　　我有亲人,隐没在人间
　　最深的土里

（选自梁书正诗集《群山祈祷》,长江文艺出版社2023年1月）

出　门

　　县公馆前面有片广场
　　晚上经常有人
　　在那儿打羽毛球
　　嘭嘭的拍打声传过来
　　又沉闷又响亮
　　你经常停在那儿

看他们打球，看球
从一侧飞出去
又从另一侧飞回来

有时它没飞回来
落到了旁边草地里
你就看他们掏出手机
摁亮电筒
捏着一束光柱扫来扫去
有时它落在了树上
你就看他们拼命摇树
看树梢上那只白白的小球
以及部分暗蓝色的天空
有时候还有星星

蓝色的马

他家的电视到现在还开着
这说明他也还开着
就坐在它对面
我看不见的某个地方
草原上，一个骑马的人
正在追赶另一个骑马的人
这是那块屏幕上正在发生的事
凌晨三点我在厨房找水喝
透过我这边的窗户
又透过他那边的窗户
我看见了那两匹马
那两个正在骑马飞奔的人
对于他，他们一家三口
我几乎一无所知
只知道他是个大嗓门

但他老婆嗓门更大
吵架是他们家的三顿饭
但他们的儿子不这样
有一次炒菜时我看见他
在对面的窗子里
静静地望着我这边
他手里那匹蓝色的马
也在静静地望着我这边

亚列姆切

一阵剁馅子的声音
从上面的楼层里降落下来
一个人正握着刀
在砧板上
准备着几个小时之后的食物
一只鸟停落在枝杈间
它的叫声
并没有像它的身形那样
被那些明亮而密集的叶子所遮住
你倾了倾身子
这样
就可以把那个少女的背影
看得更清楚一些
是的，春天已经来了
一切都显示出这个季节
该有的样子
包括那个叫亚列姆切的地方

（选自林东林诗集《出门》，长江文艺出版社 2023 年 1 月）

春夜歌声

春天并未进入我紧闭的窗帘
但他们的歌声畅通无阻
那辆车从我窗前经过
几句徒劳的叫卖烟灰般掉落
小城吉卜赛人放起绵绵情歌
男中音和女高音间或应和
中音鼓胀黑夜,高音再把它刺破
直到,嘶哑卡顿如喇叭缺电

那是众多候鸟中的两只,小货车承载全部家当
装着各处收来的水果四处游荡
(游荡的还有我的乡人,运着各种中药材)
现在候鸟们来到中国南方的这座小城
把最甜蜜(据他们所说)的那些运进我们生活
许多个黄昏我曾带回这些流浪的柚子和猕猴桃
此刻,窗帘后我是最真诚的听众

歌声渐渐渺茫,如人鱼消失在海平面
却又久久停在我的窗前
第一次感到无限宽慰
感谢生活让这些漂泊的人
为我送来春夜的歌声
但愿我的乡人们也可以
在异乡的一扇窗前。自由歌唱

一小片空地

乡村的春天饱和度如此之高
冲破浓郁的绿色回到玉竹坪我全身是汗

玉兰花环拥的清水塘前
老屋被修饰，贴上了深蓝色墙砖
屋前不再适合跑跳
方砖围成各种花圃
在一片月见草的旁边
奶奶，您和我漫无目的地交谈
还有一小片空地
您说，那里可以种点黄芪
到时你带去，常喝黄芪提气

奶奶，这个春天我充满沮丧
命运的风从四个方向吹来
不停歇地推搡和阻拦
那一片空地还在
我现在该种些什么

那个或这个女孩

沿山路前后地走
分不清是暮春还是初夏
设计师为骑行者贴心地划出自行车道
从始至终只有我和你从上面走过
沉重的脚步踩得落叶大呼小叫
一路共同讨论一个亲密的人
但不限于此，还有婚姻、女性及其他
这个女孩走在我前面
始终垂头丧气
偶尔的激昂只为辅助控诉

当你转身裙裾展开如同生活的旋涡
我想起多年前的一次见面
夏天快要结束

在城郊的旧火车站
你祝福我即将举行的婚礼
唉，旧时光实在美好
那时兴奋说出口的，此刻只有沉默
可是
那个女孩，多么轻盈的女孩

（选自刘娜诗集《废墟上升起一座博物馆》，长江文艺出版社 2023 年 1 月）

晚　安

一条河，分出它的星辰给我
我看见月光，带着清澈的影子
盘踞在山坡下。一条正在经历黑暗的河流
是潮湿的，它日夜奔走的繁忙也是潮湿的
我听过河水的呜咽，我没有把它挪到纸上
这呜咽分走了我身体里，大部分的词
我需要缓缓流淌，遇见归来的人
对他说，晚安。

夏　夜

我们坐在阳台，月亮升起在对面的山顶上
月光下，大片的麦田
和树林，像卫士
在我们周围，永恒的夜里站着
我们说过什么，已记不起来了
风经过时，送来一些花香
和新鲜的水声，蚊虫飞过我们身边
夏天缓缓长出了翅膀。

秋　风

鸟鸣覆盖着鸟鸣。光就从玻璃窗后
倾洒了下来，因为太过明亮
更像一只带有裂纹的杯子
植物们开始落叶
也是在丢弃一些悲伤的东西
我们坐在院子里
周围是红的、黄的叶子
有一瞬，我以为
整个秋天落在我们身上
我们带着它们，它们带着自己的影子
我们同时被一场秋风拥抱
发出细细的声响

片刻欢愉

晨曦落在窗外，茶水已经煮沸
我在书桌前整理昨晚看过的书籍
我已经从这些文字和情节里退出来
需要独坐，享受寂静
一个人的寂静，是晾在阳台的棉布裙
透过的光，明亮和柔软都恰到好处
我端起茶杯，我的影子落在地板上
带着细小的弧度，被风缓缓吹起
如果这时有人进来，我会不会和他分享
这片刻的时光，像孩童般致以纯真的笑容

（选自龙少诗集《星辰与玫瑰》，长江文艺出版社 2023 年 1 月）

将雪推回天山

塔里木河如十万匹脱缰野马
一夜间搬走了雪山和大漠
我曾以荆轲刺秦王的勇气
偷偷地向它扔过去一块石头

石头会不会砸伤它的马脚？
击落一缕性感的鬃毛？
塔里木河会不会突然回头
一口将我和大桥吞没？

今后我将带着一生的战栗
写诗，将雪重新推回天山

塔河蜘蛛

午后，塔里木的阳光
砸向雪白的盐碱地
巨大的轰鸣声中
一棵白杨树突然倒下
另外一棵胡杨树的枯枝间
两只硕大的蜘蛛
在光线里奔波翻滚
如塔里木河吐出银丝细浪

整个下午，我都在注视它们
那完美无缺的腹部
所蕴藏的伟大神力
连起了两片森林！
春风成群结队穿越蛛网

带来大地的昆虫和花朵
直到暮色降临，它们
才打好身体里的死结
匍匐在温暖的树影里
谦卑地领取天山的晚餐

无知者无畏

我在塔里木河的冰层上奔跑
我在塔克拉玛干的沙漠里奔跑
我在天山的雪地里奔跑
我在黄昏的云朵上奔跑

如同我写诗，向苍茫和孤寂投稿
感谢汉语，一次次包容我的无知

（选自卢山诗集《将雪推回天山》，长江文艺出版社 2023 年 1 月）

古陶罐

等待到绝望的最后一刻，
奇迹就会发生。
女人们赤脚，
穿过村庄去取水，
盛于双乳般的容器，
在久旱无雨的大地上，
喂养我们。

姑娘们

她们轻易带来明晃晃的夏天
所到之处，

一丛绿爬上一丛绿

一寸新鲜追上另一寸新鲜

从林间到河岸

从玉米地到打麦场

没有任何来由地大笑

婀娜的腰身左右摇摆

河水一次比一次涨高

鸟鸣一阵高过一阵

害羞的少年因此拐早了弯

她们依然一遍遍大笑

没有来由,停不下来

与好脾气的秋天撞个满怀

一不小心,露出三三两两的花头巾。

女　人

夜色太过缓慢,

甚至漫长,

它准备了足够久

足够多的黑想要打败我

所有模糊的面孔将淹没

所有不确定的方向将偏转

但,全部黑暗也遮蔽不了我!

有光照亮自己的路。

其实,我是由磷和钨、水和果实、月亮和花朵

所有发光的元素构成,

即使你们对此一无所知。

无　事

山中无事
最好的光阴在其中
从山上下来的人
未想一晃就白了头
匆匆轻易离开后
渴望每一步艰难返回
一生全部的忙碌
只为重返林中溪涧
日照岩石
山中无事啊
所有奢求的日子最终攀缘至此

（选自鲁娟诗集《欢喜》，长江文艺出版社 2023 年 1 月）

旧　照

月光翻译了你的脸
是一张黑白照片

时间的手脚上沾满了灰尘
光没有试出微笑

我把心削掉一半，刻上你的脸
涂上彩色
补回月亮的一半

边　界

我的声音早已种在你的耳畔

在你呼吸的空气中
有我回家的门

我不在乎你的耳膜
曾经触碰过多少悲乐之事
掩埋过多少句话语
都是种子的碎片

因为我的身体里
长出你的叶子
不管离地面有多远
我只想入住
石头的空间里

妈妈的哲学

去年，妈妈跟我说：
我一生下来，哭声满院飞

那是带来了前世的痛
只是想说而哭泣

婴儿的骨头是白的
喊出来的声音应该是明亮的

不然，沉默的我
早被"话"捆绑过多少次
谁知道？

妈妈说：话说多了
等于没有说

那双眼

一张被岁月湿干的纸上
藏了一双眼睛

看不到星星时你拿去用吧
穿过云雾

滴在我额头的那些雨滴
通过思念的链接输入海中

夜里醒来的所有身体拖走
我用一条河的光等你

（选自沙昌智化诗集《月亮搬到身上来》，长江文艺出版社 2023 年 1 月）

火车经过龟兹故地

龟兹国灭亡若干世纪后，我坐一列绿皮火车
在深夜穿过它的国土
没有驼铃、丝绸和茶叶
睡去的人鼾声和火车声奇妙地融合了
盛产铁器的龟兹，它的铁已彻底锈蚀
和它的国家一起埋于黄沙
只有那些坚强的植物还生长在他们的坟地
戈壁上空那枚寒冷的月亮照耀着
最后一位死去的君王
我用一夜就穿越他的国土。他必定感到惊讶
但他已无力起身

吐鲁番盆地的日落

　　这一生的其中一夜
　　一位美丽的姑娘与我比邻而坐
　　在一节老旧的绿皮车厢，我们拉开窗帘
　　使晚霞包围小桌上的茶杯
　　使晚霞布置在河道，她恬静而优雅
　　使晚霞轻轻掠过她的鼻尖
　　对坐的青年在这时候弹起他的萨塔尔
　　唱起他的歌。我不明其意，也无法询问
　　我沉浸在它奔泻的悲凉中，并认为这是
　　我送给这位姑娘的见面礼和告别礼
　　这是落日的一瞬，高昌王国灭亡许多世纪后的
　　某一个黄昏。我欢喜而忧愁

火车在兰州停留的二十分钟

　　戈壁的星空突然消失，下车的人
　　都面带喜色。像是要奔赴一场宴会
　　他们都刻意仔细，刻意庄重
　　上车的人，不会仔细去想
　　此后，他们将一路向南
　　他们不会去想，温度会越来越高
　　他们会越来越忧伤，或兴奋

　　（选自苏仁聪诗集《无边》，长江文艺出版社 2023 年 1 月）

与一座桥对视

　　黄昏，与一座桥对视
　　在它的眼睛里

我看到一半真实，一半虚幻
真实和虚幻相接的地方
有一种感觉
就像我在故乡
眺望平原尽头时
感觉的那样

我无法用语言描述
但那座桥从我的眼睛里
看见了

向日葵

一株向日葵就足够让我心疼
现在是一群
山谷里，一群无人认领的孤儿
仰起金黄的小脸

他们一整天都眼巴巴望着
我也陪了他们一整天
现在太阳要落到山那边了
山坡上的牛羊泛着微弱的光
这光似乎来自体内

两个光脚的孩子向家跑去
炊烟在召唤他们
而我，我这个异乡人
正在石头旁蹲下来
试着把身体里的太阳
切成几千份

长江头

两江相汇并没有想象中那样
波澜壮阔
金沙江从下面来
岷江从上面来
一条淡淡的水痕
转眼便消失
长江的名字从此叫起

我生命中也有些这样的时刻
事情悄悄发生,如一条支流汇入
给我新的名字

大江一直流向该去的地方
有时甚至感觉不到
它在流动

石 头

这里没有词语
只有和词语一样繁杂的
石头
随便摆出几颗
风听得见
雪读得懂

这里没有意义
只有和意义一样丰富的
石头
随便捡一颗带走

他们就被赋予

一次永别

（选自王少勇诗集《风之动》，长江文艺出版社 2023 年 1 月）

致诗神

诗神，请你帮助我。
诗歌像不尝不知的甜美蜜水，
我尝过它的滋味，愿一尝再尝；
又拜服于如凌驾一切的飞鹰的诗。
请你帮助我进入诗国的竞技场，
它的深处荡漾着友谊的芬芳，
好让喜悦透过我的眼珠。
我掂量着自己的积蓄，
想去燃烧，去白热化，歌吟般写诗。
我想，较量技艺而输了的人，
不会可怜地变为喜鹊。
我还揣摩你，对反对、嘲笑、
蔑视或亵渎你的人，
你不会去审判，去惩罚，
更不会施以酷刑的暴力，
不会爱听鬼哭狼嚎般的凄惨喊叫。
你理解又深入最黑暗的和最明亮的，
精神的黑夜和白昼，
你比个人更人性。
不认识你的人也有他们的途径。
我呢，在自我的窗台上摆上
一盆热情之花，它晒着阳光；
思考，如何才能让一首诗离开
狭小的空间，进入文明世界？

惊　赞

三年了，我仍然常常惊奇，
在这个有熟悉面孔和嗓音的家中，
出现了你的新面孔；三年了，
你依然让我感到陌生。
你的苹果般的圆脸庞，笑弯的乌黑眼睛，
可爱的梨窝，稚嫩的身体，
你的淘气贪玩，
都是佳妙处。
但有时，我在你的脸上看见了一个我，
比镜中的我更生动；
有时，我认为两代人的精华
凝聚在了你这里。
你有九十六公分了，
有时还躺在地上，蜷起双腿，
就像还留有源于另一个地方——
母腹——的旧习。
我已是一个完整的圆，
我不再在自身之中经历台风、
熔岩喷发、狂涛巨澜和痛苦的爆裂；
也接受了我不外露的犀利和讥刺。
我顺从于人的孤独。
也愿你我之间，
无伤害无罅隙。
我经验了你的诞生，
感受了时间，
你牵引我回眸，关切当代，
也愿眺望笼罩于迷雾的未来。
我曾忧虑过你的出生，
现在害怕时间终结，

愿生长没有终点，愿世代有永远。
每逢笑意盈盈地看你之时，
你还唤醒了，我对美的理想的想象。

温　暖

我们在冷空气中走着时，
我给女儿指那又大又圆满的月亮看，
女儿说："月亮在带着我们回家！"
等到了楼下，她又说："月亮把我们送回家了。"
我没有理由喜欢这个样子的自身，
但你却像金子一样好，
你说出的每一句话都披着曙光。
想去赞美你却忧愁，这并非玩意儿。
但丁的一颗燃烧的心给贝雅特丽齐吞下，
他用光辉的语言写高贵的东西。
母亲被女儿激动时，她也着迷了。
又像先民发现了美丽的石头——玉，
匠人花费多少精力、劳动，
开始是对工具和日常用器的贵重模仿，
制造出不普通的玉器。
美浪费人工。当你睡了，
我吻了又吻，你娇嫩的脸，柔软的
唇，你动了一下，翻了个身。
关上门，我在客厅的饭桌上读书，
上面的电水壶和玻璃杯，也是
高贵的。真的，平等被重建了，
在共同生活中，爱也不枯萎。

（选自张慧君诗集《命如珍珠》，长江文艺出版社2023年1月）

苹果说

几只鸟飞过,闯进了我的身体
让我惊讶、惊喜、惊慌
它们用展翅的自由,刺痛我

那群人又来了,闯进了我的身体
让我迷恋,让我迷离,让我迷失
他们用憋闷的手机镜头,刺痛了我

他们抬头,露出了晚霞般的欣喜
他们眼里没有树和叶,没有你和我
在这逼仄的院落里,他们羡慕一群鸟

我陷入悲伤,他们让我迅速地膨胀
我太青涩,还不了解季节和这个世界
不能假装成熟,假装红着脸面对日出

知 了

从不呐喊,她知道
语言并不是唯一的武器

浑身颤抖,因为季节
不停地展翅欲飞,想逃

对于这个世界,可能
还一无所知,或知之甚少

她却反复地扩大音量
知了,知了,绿肥红瘦

昨夜的雨，只是一阵风
没留一丝痕迹，热依旧

城市的街头，燥热不安
每一棵树，都试图逃离

换一个称呼，蝉先生
一生活在童年中，知

夜宿紫鹊界，与一只蝉互换云雾

夜宿老鹊楼，枕着雪峰山脉入眠
灌溉了数千年的水车镇，眨着眼
被雷电惊断的灯光，似苏醒的星星
绘制着紫鹊界，山里人家的生机

远处的闪电如车夜行，暴露了心事
一只蝉猛振双翅，云雾溢出酒樽
梯田流水厮守，享受着人间的清欢

（选自也人诗集《向南不惑》，长江文艺出版社2023年1月）

安泊金　绘
《无名高地之一》
125cm×200cm
水墨纸本

域外

我会在奇异中沐浴自己

/ 艾兹拉·庞德[1] 著
/ 西蒙、水琴 译

关于埃古普托斯[2]

  我,甚至我,就是他,知晓那些道路
  穿过天空,风是我的身体。

  我见过生命的女神,
  我,甚至我,和燕子一起飞翔。

  她的衣服是灰绿色的
  在风中翻飞。

  我,甚至我,就是他,知晓那些道路
  穿过天空,风是我的身体。

手画出精神

---

[1] 艾兹拉·庞德,现代主义诗歌的先驱和前锋,意象派诗歌运动的主要发起人。庞德毕生致力找寻艺术的新方向,不断创新诗歌技巧,更新英语诗歌语言,从古罗马、意大利、汉语诗歌中攫取灵感,创造世界性的诗歌,他也发掘帮助了艾略特、海明威、乔伊斯等现代文学大师,并持续影响近代的欧美现代诗歌和文学界。

[2] 埃古普托斯(Aegyptus),拉丁语 Aegypto 的变格形式,古希腊神话传说中的古埃及国王,埃及国名即出自其名。

  我的笔在我手中

  写出可接受的词语……
  我的嘴唱出纯洁的歌!

  谁有嘴接受它,
  库米的莲花之歌?

  我,甚至我,就是他,知晓那些道路
  穿过天空,风是我的身体。

  我是太阳中升起的火焰,
  我,甚至我,和燕子一起飞翔。

  月亮在我的额上,
  风儿在我的唇下。

  月亮是蓝宝石海水中的一颗大珍珠,
  冰凉的水波流过我的手指。

  我,甚至我,就是他,知晓那些道路
  穿过天空,风是我的身体。

眼　睛

    休息吧,主人,我们已万分疲惫。
  感觉那风的手指
  搭在我们的眼睑上
  又湿又重。

    安息吧,兄弟!黎明在外面!
  黄色的火焰暗淡

蜡烛越燃越短。

给我们自由吧，外面有美好的色彩，
林苔青绿，花朵鲜艳
还有树下的凉意。

　　给我们自由吧，在这无尽的单调中
我们会灭亡
丑陋的黑色印痕
在白色的羊皮纸上。

给我们自由吧，有那么一个人的
微笑，比你书本中
所有古老的知识更有用：
我们会凝望。

罩　衫

你保持你的玫瑰叶
直到玫瑰时间结束，
你以为死亡会亲吻你？
你以为那黑暗之屋
会给你找个情人
如我？新的玫瑰会怀念你吗？

宁要我的罩衫，不要尘土的，
它下面躺着去年，
你应该怀疑时间
而不是我的眼睛。

沉　落

我会在奇异中沐浴自己：
堆在我身上的这些舒适，淹没我！
我燃烧，我灼热，如此求新，
新朋友，新面孔，
各地！
噢，脱离此，
我要的不过如此
——除了新意。

而你，
爱，很想，更想你！
我难道不讨厌所有围墙、街道、石头，
所有沼泽、细雨、所有迷雾，
所有交通路径？
你，我要你流过我的身体，如水，
噢，只要远离此地！
青草、低田和山冈，
以及阳光，
噢，充足的阳光！
出去，独自置身于
陌生人中！

图　画 [1]

这位死了的女士的眼睛对我诉说，
这里有爱，不可淹没。
这里有欲望，不可吻去。

---

[1] 《卧着的维纳斯》，雅各布·德尔·塞拉约（Jacopo Del Sellaio, 1442—1493）画作。——庞德原注。

这位死了的女士的眼睛对我诉说。

致　敬

噢，彻底得意
　　　彻底不惬意的一代，
我看到渔民在太阳之下野餐，
我看到他们带着邋遢的家人，
我看到他们的笑容满是牙齿
　　　听到他们粗放的笑声。
而我比你幸福，
他们比我幸福；
鱼儿在湖水中游
　　　连衣服都没有。

刘　彻

丝绸的窸窣不再，
尘埃飘过院落，
没有脚步声，而落叶
旋转成堆，静躺。
而她，心的欢悦，就在下面：

濡湿的一片叶子沾在门槛上。

蔡　姬

花一瓣瓣掉进喷泉里，
橘色玫瑰叶
它们的赭色染上石头。

石　楠

　　黑豹在我身边踏步，
　　我的手指上
　　浮动花瓣般的火焰。

　　乳白色的女孩们
　　从冬青树边挺直，
　　她们雪白的豹子
　　观望，跟踪我们的足迹。

（选自《涉过忘川：庞德诗选》，[美]艾兹拉·庞德著，西蒙、水琴译，雅众文化、北京联合出版公司2023年3月）

唯一的日子

/ 米洛·德·安杰利斯[1] 著
/ 陈英 译

仅 仅

他在哭泣，他不明白，
他爱着，像几千年来人们爱的方式
在一个漆黑的露台上
做出许诺，在充满威胁的树叶间
相互抚摸。

缓 慢

"你在哪里"她问我，用一种
无法展示的语言，她不说话。

部 分

但现在已是事物无法恒久的时候。
在这一步之前

---

[1] 米洛·德·安杰利斯出生于米兰，童年在母亲的家乡蒙菲拉托度过，那里的自然风光对他影响深远，在他的诗歌中时时浮现，构成他诗歌的原型世界。他 1976 年出版的诗集《类比》，引起评论界极大反响，成为意大利诗坛最有影响力的诗集之一。1977 年至 1980 年，他创办了诗歌杂志《天空》。之后，他又出版了多部诗集：《毫米》《面孔之地》《一父之遥》等。他曾在米兰担任监狱写作老师。

没有任何开始。应该进行一次尝试，
一次索性的坠落，落入混乱。

一父之遥 (1989)

"有可能拯救那些被包围的人。有可能理解夏天。"

无言的地图

生命，不仅仅是生命，在变成
我们的生命之前，和很多生活混合……

无边无际，和她一起消失，在一个黑暗
而潮湿的地方，她的名字也会消散，
融入没有音乐的血液中。但我们会成为，
一起，会成为那哭泣，
一首诗无法表达的东西，现在你看到了
我也会看到……我们都会看到，
现在我们会看到……所有人都会看到……现在……
我们正在重生。

内部的挖掘

她的声音打开一道伤口，我不知道是什么，
一种暂时的空洞，一次
玻璃和废墟的占卜，二月的天空
过于激烈，吹走了毛巾，
打开了所有的门，驱散了看台上的人。

爱和它最高的影子结合，跑道上跨步时
强大的心跳，我们死亡的最初时刻。

唯一的日子

……一年……每年,
没有完成的每一年。

第一次打招呼,预感就出现了:
一本忘在"奈佩塔"舞蹈俱乐部的记事簿,
洒在裙子上的金汤力,在她的房里
飞了一千次被困的小虫子。

"无论谁遇到你
他过的每天都没有你
每天都感到
差一点就抓住
你的本质,那一点
是致命的。这就是我感到的,
我美丽的女人,你不知道自己犯了什么罪
我残缺的女人,我不知道你被切去了什么。
永别了,我脆弱的女人。"

我们将在星期天见面

"那些黑暗的爱会重新活过来,
在岁月中间,它们会留下一个插头,
它们会回来,会明亮耀眼。"

找到血管

天堂的最高处没有任何荣耀,只有缠结
在一起的神经,是声音的刮擦,
眼睛盯着下面,那种虚无

让思想保持冷静，那种
灯泡和针的悸动，某种
已经捕获的叫喊的地方。面孔
已经挨着它的土地，看到现象
苍白的流动
哦，我说，睡吧，睡吧
虽然我和你在一起
但你没和我在一起

阿尔图宾馆

你问我
他们会不会来这里，我们能否拯救自己。
当一张渴望的脸上出现
太多季节的痕迹和一条过深的血管
在房间里延长，当生命的刻痕
成群到达，我们紧握到黎明
手腕里的血液放缓
不仅仅是在那里，大浪停下来，
那时是夜晚，是覆盖在
每张我们爱过的脸上的夜晚。

包围的结局

苹果
和时间混合在一起。每个句子
都变成了遗失的线条，一次预告。

已经晚了，
彻底晚上。生命遗失了
轴心，在街道上
游移飘荡，想着

所有爱的承诺。

你想从我这里得到什么？那些迷途者的心
在哪里跳动？这就是
为之生活的
神秘的目标？

家远离
起居之所，一切都
交于最后的证据，一切都逃逸了……
但那个
在喉咙里收缩的音节
就是这个。

无限出现在稀少中，
就像叫喊声最后一个音节
消失的时刻。刹那在跟随着我们，

我爱的是什么？也能是那种氛围，
在身体和横杆之间，那两厘米，
照亮每次掌声。或者树上
那阵看不见的微风
在少女微笑的地方，没有结尾。

古老比赛的那些伤口
在这家酒吧里
找到一种隐含的音乐。就这样。后来
语言呈现自我，
给出的无止境的话。

声　音

这断续的声音
属于我们……这是文件中
抹去的词语，寻找出路的
干渴，是记忆的欺骗……
是一场爱情
猛烈的开始……

教会我如何行走，你们曾经
死过，你们从密封的井中
打捞我们的真相，你们从时间脱离
把我们带出这些悲剧的圆柱
在卡车灯和羽绒被之间
我们会把最抽象
的丢入火柴的跳动中
会对你们说，我们要回家。

（选自《相遇与埋伏》，米洛·德·安杰利斯著，陈英译，人民文学出版社 2022 年 10 月）

安泊金　绘
《无名高地之二》
125cm×240cm
水墨纸本

中国诗歌网作品精选

来年夏天
/ 韩文戈

还记得吗那年冬天走在冬小麦地里
我曾跟你说如果到了来年夏天
现在已是来年的来年夏天的夏天,白云苍狗麦子金黄
只剩我一个人走在华北大平原上
河水一路轰鸣绕过麦田,麦子乱颤
三千万公顷疯狂的麦子围困那些种过麦子的人
如果看到麦地中有三两棵松树或柏树
树下一定会有一座高出麦子长满青草的坟丘
我想到辽阔的过去,那些年深冬
我们走在冀东山区小村外的小平原
我曾跟你说如果到了来年夏天
那时我们在月亮地里沿着马车辙印斜穿冬天的麦地
麦苗翘着硬硬的叶片,雪还需要一些时日
我们结伴去几里远的邻村看露天电影
其实那些电影已经追过很多的村庄
寒风吹透棉衣,冷月亮挂在人间幽暗的冷风景上
就像某部黑白电影的片段,在那遥远的夜里
还记得吗?我曾跟你说,在来年夏天
可我已不知这是在问谁,在来年那些黄金的夏天

那么多树叶竖起耳朵
/ 车延高

那么多树叶竖起耳朵
只几声啼叫,让人听懂了杜鹃泣血

天已擦黑
振动的翅翼,还是鼓起凉风

像一片陌生的
叶子，向远处飘零

天上有另一种路
却是一样的风雨

这样匆匆忙忙
也许是归巢，几个小生命
嗷嗷待哺

也许，是寻找生死未卜的同类
那么多树叶竖起了耳朵

一只刺猬
/ 江离

我记下了"刺猬"这个词
两个小时后，我出门了
只留下它，在一片空白的包围中

我见过它——
在暗淡的星夜，树丛，风
它一动不动地在草坪上

确切地说，我无法肯定那是刺猬
还是别的什么
我看到的不过是一团暗影

就这样，我们相持了大概三分钟
这凝滞的三分钟
像一首诗等待开启那么漫长

在我决心靠近前
它突然慢慢移向树丛,并消失了
一切都没有留下痕迹

而我也从页面上删去
我记下的:星夜、树丛、风
一切重新处于未经照亮的幽暗里

你也可以说,在我和刺猬之间
有一道裂痕,而我只是希望
将刺猬般的东西,纳入诗的秩序中

铁匠巴珠
/ 北野

那是布达拉宫山脚下的一间屋子
那是一团忽明忽暗的炉火
那是一份世代相传的打铁的职业

那是铁匠巴珠,头戴军绿色的确良帽子
脸和手都是黑的,看不出年龄
他盘腿坐在炉火边,左手握着烧铁的钳子

那是他的儿子,头戴褪色的咔叽蓝便帽
两眼乌黑,牙齿洁白
名叫尼玛,跪在地上操作羊皮风箱

炉火需要氧气
掏空内脏的黑羊,用皮囊收集空气中的氧离子
从后腿把氧气供奉给炉火

尼玛手握两块夹板——类似于

磕长头的朝圣者，手心捆绑的那两块护板
驱赶黑羊，为炉火加热

皮囊必须坚韧，无漏，为打铁献身
巴珠和尼玛，也必须献出一辈子
黑铁也要献出自己

黑色的燃料，名叫木炭，也必须献出自己
只有火高高在上，饱吸氧气
就着木炭，让铁变软

巴珠右手握着铁锤，那是获得地位的铁
工具的铁，将按照巴珠的意志
捶打那烧红的、服软的、被任意塑型的铁

一些铁在田间和工地参与劳动
一些铁作为铃铛挂在牦牛和骡马的脖子上
一些铁成为路边散乱丢弃的锈迹

接生的铁，剃头的铁，桎梏的铁
让灵魂升天的铁
楔进木头噙在嘴里让人既怕又爱的铁

铁匠巴珠不考虑这些
祖先留给他这份职业
他只能接着，等他死了，儿子尼玛继续接着

转经的香客多么幸福啊！铁匠巴珠没有那份福报
他相信自己的骨头和手和脸一样黑
但他希望儿子的嫩骨头和牙齿一样白！

他请求我带走尼玛，给他新的生活

尼玛看着我，黑眼睛令我落泪
那年我 31 岁，需要捶打如一块迷路的生铁

我辜负了铁匠巴珠的恩惠
也配不上少年尼玛的黑眼睛
尼玛杰桑啊，你若读到这里，请宽恕北野大哥

生　日
/ 吴小虫

冬天最后的树叶，没有向世界告别
它们纷纷扬扬落在身上
提醒我抬头看天，已是春季
新的生命正装饰着世界——

每年这个时候，我都有同样的心事
且越来越羞于再说出口
大地微微震动，黑夜与黎明
那个孩子与羊群一起到来

然而我醒来得太迟，竟是戴罪之身
孤灯飘摇，岸边的猿啼
那声线在空中找不到耳朵
就兀自跌入了高峡平湖

个人的悲欢，被碾压的老鼠
早晨只见路上的一些血迹
我精神恍惚，看见你买菜回来
潜伏了整个人类的困境

是谁的嘴唇说要学习水
野性与驯服已相互抵消

生日的前天我梦见母亲
她又活了过来,使我安于做个孩子

月亮升起来了
/ 殷红

月亮升起来了
最后一只燕子回到了屋檐下

这是许多年前的事情,月光下
路上走着亲人,山上住着狐狸

那时父亲还在,刚刚挖回来一筐红薯
兄弟姐妹,围绕在露出纹理的八仙桌周围

那时一只萤火虫,照亮我们一晚上
那时的月亮和星星,就挂在窗边的枣树上

那时我们做游戏,都是真的
不像现在,许多真的都变成了游戏

界　线
/ 应文浩

再次见到的时候
河滩上,芦苇枯黄的身子
借微风扶着,不愿躺下

堤坡上野豌豆
正从堤脚向上架梯子

几只麻雀

飞向野豌豆丛
又啪啪地飞回芦苇上
是的,一切皆可逾越

之间的界线像是虚的
枯色,是青色分界线的时候
也是自己的界线

太阳似乎不管这些
出来照耀它们
并将它们混为一谈

晚　年
/ 那勺

在山腰,如有一座瓦房
可以说说我的晚年
天一早亮了,我在院子里干活
累了,就在书室里翻书
每天像花儿开放,对自己友好
有客从山下来
老友好久不见
轻风推开竹门,喝酒,点烟
云里一会儿
雾里一会儿
想想就幸福
天黑,群鸟直直落入树林深处
鸟鸣点亮一盏灯
几个人玩语词
相互数落
争执也很有意思
万籁俱寂时,星空辽阔

辨认星座
确认星座
许多死去的诗人相继活过来
坐在我们中间
小窗在床头。大多时候，一个人就是一座山
过去想着岑寂，可一个人岑寂不了
秋日我收起铁锹、尖嘴锄，及蓝色的洒水壶
与落满红叶的冲锋衣

雏　菊
/ 蒋戈天

薄暮时分，你打着橘黄的小马灯
照亮咫尺天涯

山坡倾斜着傍晚的寂静
晃动稚气，晃动羞涩
向迫近的黑夜睁开玻璃珠般的眼睛

牧羊人的目光望向山那边
甩响风中的鞭子
他努了努嘴，未对此给出赞许或否定

潮水涨了上来，石头压下鸟翅
密林里，兽在潜伏
隔着露珠，我忍不住喊
菊呀，风暴就要来了
赶紧上灯，赶紧掩上小小的柴门

灰尘问题
/ 黄劲松

是生活中最轻的一部分
轻于获得者的心
最终会走向哪里
桌子,还是地板上的一簇花丛?

它来到人间的方式
没有人能够把握
或许是命运的一个问题
在哪里都是一门技术得到了纠正

它常常被消除
学会了对事物的谅解
在另一个空间
它是无,或者是水的应对

与山书
/ 邹弗

我曾经这样过:那么渴望太阳、雨露
渴望登上一座山,蓄养一身的果肉
与白雾交谈,与一座山形成小小的生与死
与天地如此之近,低下头能看到草木的脏腑
我从山上来,只是一个未曾落户的孩子
在草木间成长,在山泉边聆听,我看到
每座山的沉默大于人世的教诲,它们更懂人心
却不谙人性,我听它们说,寺庙毁了
有十几年别无去处,这是一处狭窄的地方
曾经收纳云雾与海浪,徒留下一堆面具

与虫鸟枯竭的尸体，一座山看上去像神的哲学
只有各种隐喻与象征在冥冥中抵达过去
皮格马利翁的画与雕塑，美人鱼偷渡
眼前出现海妖，这是美丽对过往的惩罚
我们都曾那么不遗余力将一座山搬空
直到它空空如也，直到它成为一处遗迹

磨瓦成镜
/ 周志启

握紧拳头，拼命磨光自己的棱角
那是从紧绷的身体，抽去
悲喜，欲念和忽然生出的怀疑

准确说，他要找到
余生所需的节奏
按住体内的闪电，泅渡一块瓦片

感恩前世的窑工
穿透流水与石头的约定
隔着耐心，成全没有物证的造型

而划开内心的工序，都在深夜进行
将失眠望成一轮满月
仿佛一生就钟情浑圆的事物

安泊金 绘
《版纳印象2》
45cm×68cm

评论与随笔

大象的退却，或江南的对立面
——论当代诗歌中的南方想象

/ 王东东

以"中原"或河洛地区为"天下之中"，在中国历史上可以观察到一种文明不断南移的现象，这一文明或教化的南移，和政治权力中心的逐渐北进又构成奇妙的关系。一个比较早的关于南方的想象竟然来自孔子："子路问强。子曰：'南方之强与？北方之强与？抑而强与？宽柔以教，不报无道，南方之强也，君子居之。衽金革，死而不厌，北方之强也，而强者居之'。"[1] 这段话恰好将南方作为中庸之道至少也是教化的象征来对待，并预言般地强化了中国历史演进和文化精神中的南北"二元对立"的因素。如果孔子确有这样的发言，可能也是受到了《易经》的启发——尤其象数与方位、季节的关系，宋儒又一次发现的"河图洛书"对之有清晰揭示。不过，我个人猜测，也应该有气候和地理因素的影响。其实除了段义孚先生的人文地理学，还应该存在一门相应的"人文天文学"，而其中国式总则不妨即是——"观乎天文以察时变，观乎人文以化成天下"。

不过人文地理学可以提醒我们的是，环境、气候和地理的变化在总体上可能影响甚至决定了我们正在谈论的这一点：中国历史上的南北之变／南北之辩。正如伊懋可在《大象的退却：一部中国环境史》中所说："可能性最大的联系机制其实很简单。这即是，当中国北方及其北部草原寒冷干燥的时候，游牧民族就企图向南迁移和入侵，抑或成功地实现了这一企图。当气候比较温暖湿润的时候，从事农耕的汉族人就重新向北扩张，有时候也向西拓展。当农业产量降低削弱了汉人的后勤力量和抵抗能力，同时较为干燥寒冷的天气使边界北部饲草利用性减弱，

---

[1] [宋]卫湜：《中庸集说》，杨少涵校理，漓江出版社 2011 年版，第 86 页。

游牧民族被迫迁徙时，他们就会南下。气候变迁很可能是导致上述变化的必不可少的因素：如果游牧民族先前不曾享有尚好的状态，他们就不可能具备使人侵得逞的条件。"[1]中国历史上的"大一统时期"往往"比今天温暖"，如中期帝国隋唐和北宋初期，而"分裂时期"也即南渡之后的天气则"比较冷""比今天冷／反复无常"，发生过"渤海湾结冰"乃至"太湖结冰"的现象。[2]据史料记载，北宋初期尚能发现大象北移深入到都城汴京的活动痕迹。[3]整体而论，大象的退却也即野象活动北界南移，除了是人类的胜利，也能见出气候的变化。[4]由此可以想见，唐宋时期的中原地区，其草木茂盛、水汽氤氲之状，当不亚于今日之江南。有趣的是，与大象的退却相伴始终的是人类对南方的想象（最晚从孔子就开始了），甚至南方也在不断南移，比如由江南到岭南。中国当代诗歌中的南方想象就至少包含了江南、岭南和闽南这几个区域。本文将以江南为例讨论当代诗歌中的南方想象问题。

一、江南的拓扑学：自然与神圣

现代诗人虽然也常涉及江南题材，但几乎不会以江南诗人自许，究其原因，一切艺术上的"残山剩水"难免会让人联想到现实，由此也可见民国诗人的慎重。江南诗人这个称号倒是由诗人废名赠予过卞之琳："我说给江南诗人写一封信去，／乃窥见院子里一株树叶的疏影，／他们写了日午一封信。／我想写一首诗，／犹如日，犹如月，／犹如午阴，／犹如无边落木萧萧下，——／我的诗情没有两片叶子。"(《寄之琳》) 对于现代诗人来讲，"江南"无异于个人情感和诗歌传统的阴柔一面，虽然如此，但也可以作为个人情感由之进入诗歌传统的支点。正是在忧患之际，陈寅恪考证了陶渊明的"桃花源"之来历，认为南渡之际，汉人抗击北方少数民族的军事堡垒——"坞堡"——是其灵感来源云云。[5]

---

[1][2]　[英]伊懋可：《大象的退却：一部中国环境史》，梅雪芹、毛利霞、王玉山译，江苏人民出版社2014年版，第7—8页。

[3]　文焕然等：《中国历史时期植物与动物变迁研究》，文榕生选编，重庆出版社2006年版，第205页。

[4]　文焕然、文榕生：《中国历史时期冬半年气候冷暖变迁》，科学出版社1996年版，第79—99页。

[5]　陈寅恪：《桃花源记旁证》，《金明馆丛稿初编》，生活·读书·新知三联书店2001年版，第188—199页。

当代诗人则毫无"残山剩水"的忌讳,而可以孤注一掷地自我期许。话说回来,江南情结的分享者,不一定是江南之人,开始的时候,非江南之人更愿意做江南情结的培育者。以江南的闯入者柏桦的《水绘仙侣》而论,其中的江南—爱欲想象始终承受着鼎革之际"天崩地裂"的压力,就连他倡导的颓废的"逸乐",也沾染上了感伤主义的不祥气息。而张枣的《到江南去》则将江南视为奥尔弗斯主义者重获生命、青春和不朽之地,也即诗人重获灵感和生机之地。关于江南的拓扑学,还是江南的土著诗人说得清楚,泉子在《齐鲁行》中写道:

> 两千多年前,这里始从蛮荒之地
> 进化为礼仪之邦。
> 而此后的两千年
> 是儒风不断南移,
> 以及一个伟大江南缓缓浮现的
> 漫长一瞬。

"伟大江南"宛如口号,在这首诗中,泉子表达了一个江南诗人的骄傲。它以另一种方式印证了大象的退却。"儒风的南移"与大象的退却相伴始终,但与大象的退却不同的是,无法肯定儒风在北方就消失殆尽了。其实泉子真正想说的是,"伟大江南缓缓浮现",他找到了自然和山水来为自己辩护,否则这个江南就只是黑洞,"江南不是腐朽、奢靡或娇柔的代名词,而是一种对自然,对日常事物深处的神性的发现与揭示能力"。江南的黑洞需要用自然和山水来填充,由此,江南才能呈现出完满性和神性,并成为江南诗人独有的图腾崇拜:"山水之于我,之于汉语的重要性在于它提供的一条静观与凝神的通道。是的,山水只有作为道的容器才成为山水,否则只是人们眼中所谓的风景。或者说,山水不仅仅是山水,它同样是阴与阳、动与静、仁与智、有与无……现代性的困境或危机的日益显现,对应'上帝之死'与道被遮蔽后我们必须去面对,并承担起的严酷现实。而当代汉语的未来或现代性困境与危机化解的契机,恰恰在于我们能否重新构建起当代汉语与山水之间那同时立足于道之上的一种如此稳固的关联,直到我们再一次将山水从心中取出。"[1] 这段话说得漂亮而又正确,然而却带来问题重重。

---

[1] 泉子:《山水的教诲》,《山水与人世:泉子诗集》,北岳文艺出版社2022年版,第2页。

泉子更多谈到的是对中国古典自然精神及其艺术表达的理解，在这一点上他和赵汀阳类似，后者在《历史·山水·渔樵》中谈到的无非是一种有关"山水"的哲学化或曰理智化的常识——和当代中国的精神转向或传统复活的话题关联起来才具有了难度。作为哲学家，赵汀阳只需要做出一种理论化表达即可，但作为诗人，泉子却必须完成山水的艺术化或曰山水精神的诗化，后者在新诗中是一个具有挑战性的命题，尤其是与山水诗的崇高而又完美的古典范式比较起来看更是如此。诗歌表现是一个富于耐心的过程，并非像理论架构一样可以一蹴而就，在理论想象与艺术想象之间也存在着距离。作为艺术理想，要达到自然的神圣性并非易事，甚至需要从观看风景开始，意识到现代风景与古典山水之间的距离，前者是动态的，后者是静态的，但问题也来了，在何种意义上理解自然的超越性呢？从"将山水从心中取出"这样的表达方式中，也可以看出中国诗人经常混淆超越性和内在性，不过，谁让我们是内在超越呢？泉子似乎对风景不够热衷，他近来的诗歌更多从观照人事获得一种释子的悲悯感，类乎一种山水澄明般的心境。无论如何，自然（Nature）的存在本身可以成为江南诗人共同的依赖，似乎以自然为背景（来历和去处）和栖居之地，世俗人生才有安顿身心的可能，一如江南的外来者诗人飞廉（他是袁项城的小老乡）在《钱塘江七月十五夜》所写：

> 江水峥嵘。
> 小沙洲，白鹭敛翅，神秘，不可接近。
>
> 草虫齐鸣，水边的乱石呼应着
> 天上的星斗。
>
> 一碟新米，几枚长安镇的小青橘，
> 半瓶茅台镇的赖茅，
> 菖蒲叶铺满桌子。
> 在他乡，我们开始祭祀祖先，
> 在他乡，我们开始议论生死。

神秘不可接近的其实是自然的崇高内核，而人类的历史生活在平淡之中也会获得一种崇高感，也是拜自然崇高之赐。南来的北方诗人往往会为江南诗歌带来一份历史的幽愤或隐忧，使诗歌变得不那么好看，却增强了诗歌的伦理品质。其代价则是降低诗歌的唯美主义或形式主义倾向。即使短暂离开江南求学和工作，出生于江南的诗人的写作也会发生变化，如韩东、沈苇。前者的文化反抗策略最终导向对日常生活之尊严的领悟，其实也是江南诗歌的典型心性或脾气，至少为后来的江南诗歌铺设了历史和逻辑上的通道——这就是为何江南诗歌不能在朦胧诗阶段而只能在"第三代"诗人中浮现的原因——不过话说回来，韩东的影响主要在于他的诗歌观念而非创作；后者则耽于在自然的崇高或地理的拓扑学中寻找人类活动气力衰弱但是不乏优美的身影。努力接近自然神性的江南诗人似乎只是少数，如杨键、津渡等，这也许是因为自然的崇高让人望而生畏，其实江南诗人忘了荷尔德林的告诫："假如大师使你们恐惧，向伟大的自然请求忠告。"更多的江南诗人如庞培、小海、育邦、苏野、胡桑、茱萸等热衷于旅行，并利用经典和文史资料构筑自己的旅行，想象自己和古典诗人甚至外国诗人同行，借以反观自身和东南一隅，而其结果如果不是发现江南的独特性而暗自颂祷，就会导致一种虚无主义，但二者其实都是高度发达的江南意识或江南主义带来的：

> 每一天都像巨大的返回
> 我好像正在回家，甚至
> 从未出发启程
> 我踏入的虚空如此广漠、耀眼
> 不敢相信我的眼睛已经看见，或正在看见
> 我走到荒漠尽头
> 每晚，浩瀚星空尾随我
> 始终是旅行的意图而非
> 旅行本身。似乎
> 我无力走出我在旅行中的任何一步
> 苍穹之下
> 我从未到达任何地点
> ——庞培《途中——谢阁兰中国书简》

> 废墟是我的前世。
> 国家正在成为一种熵，

> 我渴望停留于另一个城市。
> ——胡桑《姜夔：自倚》

因而庞培只能写下："为此我需要一只蜜蜂／一小团灵魂的嗡吟"（《蜜蜂颂》），他的诗歌也多表达一些正常、温暖的人性情感。这也是大多数江南诗人的追求。

江南拓扑学是一种建立在江南地理独特性之上的诗学，在其中，自然的神性和历史的崇高性将再一次被发现。之所以叫拓扑学，是因为江南一词如赵汀阳论述到的"中国"概念一样充满了弹性，如果说中国是一个政治神学概念[1]，则江南天生是一个艺术宗教或诗歌宗教的概念。江南诗学试图将"中心"或"神性"据为己有，在江南这一拓扑学中容纳它们。它们的另一称谓是君主和上帝。这样来看，江南特别适合被纳入纯诗的练习当中，一种精神的贵族性或高贵性被遗留在民主时代，旋即被转化为词语的精神性荣耀，正如陈东东《秋歌》所写："当伟大的亮星／破空而出——啊南方，扇形展开水域和丰收！／……谁还在奔走？诗篇在否定中坚持诗篇，／启发又慰藉南方的世代。"他借一位外国诗人的声音说道：

> 当大西洋倾斜，在反光的十二月
> 我所在的城市已越来越滑向
> 负数和深渊
> 当初它靠什么得以兴起？
> ——《插曲》

同一首诗写到了南京和上海。上海之于江南乃后起之秀，以都市性的现代魔幻融入江南整体之中。从另一个时代的眼光来看，陈东东也从"资本主义：一个爱情故事"中获得挽歌般的灵感体验，主要是一种超现实主义的想象力，更刺激了他在江南感受到了空间逃逸和意义逃逸的愿望，后者更多是一种来自江南古典园林的想象力。陈东东以音乐节奏反抗语义学，在他的诗中，自然的神性倏忽不见了，代之以自然的景观化、物象化和园林化。自然包含了我们的生活环境。他的《解禁书》尝试将城市空间的欲望诗学转化为园林空间的欲望诗学，不应该将陈东东的这些诗简单看作茅盾《子夜》的反面。江南拓扑学本身就是关于空间逃逸、意义逃逸和欲望逃逸的曲线救国的诗学，一如朱朱在《江南共和国——柳如是墓

---

[1] 参见赵汀阳：《惠此中国：作为一个神性概念的中国》，中信出版社2016年版。

前》等诗中反复提示的。而江南的诗性空间最终只能在园林中得以实现，这可能是大多数江南诗人始料未及的，为了摆脱诗性空间的狭小化或细微化，诗人需要再一次向北方大地眺望，如聂广友（网名江南一生）在写下《游园集》中的《睡莲》后对北宋天贶殿也即岱庙的观察：

……噢！多么美妙！
它能让命运转折，
让一个忧郁的自然主义者
迷上狂放的千岩万壑，
而这园林，忠实的呈现者，
携有它全部的意志。诚然，大自然
的微风里飘舞有柔媚的柳枝。
——《睡莲》

不如是，天地间哪有无穷的精神？
哪有一个志士的壮行不断，向未来，
亦向来处？可是，终于到了
更大的广场。午后灰白铺着它。
看到里面大殿依稀的影踪。
灰白的基座有力呈现，升高，
驱逐着污垢。不是驱逐，是自身的
崛起。整齐独断。是独自的
矢志如初，在年岁大地之上的
自己的占据。屹立于彼。而
彼处就是此处，就是地，就是我。
如此，还需时时不断地驱逐
污垢吗？大地之身本无污垢！
它灰白的整石不时显露出明华。
——《天贶殿》

此时如果引用几句宇文所安的《迷楼：诗与欲望的迷宫》是合适的。正如观念史家洛夫乔伊所说，作为欧洲浪漫主义的起源之一，中国园林"通过引入一种衡量审美品位的新的规范"[1]，推动了浪漫主义对古典主义标准的反抗。而在我们这里，它却加速了江南诗歌从浪漫主义向现代主义的转化，并最终将江南符号的诗性内涵挥霍一空，而呈现出一种巴特式的写作的零度，如陈东东所典型地展示出的。园林空间成为江南的最高诗性空间，而每一个江南诗人都向往成为皇帝，至少也是江南诗性帝国的皇帝。只不过其诗性生命的最高象征可能是植物，而非动物。聂广友的睡莲即意味着感性沉溺。而他在北方的祭祀建筑中却重新领悟到一种深沉的理性精神，按照儒家学说，后者代表的是周孔开启的人文主义理性化过程。聂广友也对德国浪漫主义感兴趣，近代学者常谈到德国古典哲学和宋明理学的相通，其实，德国古典哲学和浪漫派的关系，不也类似于我国的理学和心学的关系吗？与大象的退却相伴随的是圣人的消失抑或秩序的瓦解，但是思想的过程却与之相反，正如明末孙奇逢所说："学无南北，惟道是趋。"这或许也是废名"我的诗情没有两片叶子"的真实含义，"道生一"，哪怕是沾染了佛禅教的诗歌灵感也反对支离破碎。

二、姿态与性灵：何处是江南？

近代江南文风鼎盛。现代文人有不少是江南人，但成就事业多在北方。有成就的现代诗人，江南人占了一半还要多。鲁迅和徐志摩同为江南人，但一为浙东，一为浙西，鲁迅讥刺徐志摩说："只要一叫而人们大抵震悚的怪鸱的真的恶声在哪里！？"（《"音乐"？》）徐志摩对于诗的"音乐本体论"的论述近乎神秘主义："诗的真妙处不在他的字义里，却在他的不可捉摸的音节里；他刺戟着也不是你的皮肤（那本来就太粗太厚！）却是你自己一样不可捉摸的魂灵。"（徐志摩译波德莱尔《死尸》前言）难怪引起崇尚"实学"的浙东脾气的不满。不过，鲁迅不满的深层原因，也许在于新诗与摩罗诗力的违和。徐志摩也算史蒂文斯称道的"阳刚诗人"，但与鲁迅推崇的撒旦诗派毕竟还有不小距离。十年后，鲁迅与朱光潜的争论多少有点相似，鲁迅反驳朱光潜说："陶潜正因为并非'浑身是"静穆"，所以他伟大'。现在之所以往往被尊为'静穆'，是因为他被选文家和摘句家所缩小，凌迟了。"（《"题未定"草（七）》）徐志摩和朱光潜的趣味与当代江南诗人颇为相投，不过，也应该将鲁迅视为"江南诗歌"的一分子。鲁迅诗文中有极强烈的江南因素，江

---

[1] [美]阿瑟·O.洛夫乔伊：《一种浪漫主义的中国起源》，吴相译，《观念史论文集》，商务印书馆2018年版，第163页。

南不仅是小说故事发生的背景，而且也是显微镜下的切片，借以"暴露礼教和家族制度的弊害"，文明批判和中国批判在鲁迅这里首先是江南批判和故乡批判。

不过，对于鲁迅来说，江南同时意味着丰沛的感性，如在1925年初的散文诗《雪》中："江南的雪，可是滋润美艳之至了；那是还在隐约着的青春的消息，是极壮健的处子的皮肤。雪野中有血红的宝珠山茶，白中隐青的单瓣梅花，深黄的磬口的蜡梅花；雪下面还有冷绿的杂草。"这段话在一年前恍惚出现在最富鲁迅气质的小说《在酒楼上》：

> 这园大概是不属于酒家的，我先前也曾眺望过许多回，有时也在雪天里。但现在从惯于北方的眼睛看来，却很值得惊异了：几株老梅竟斗雪开着满树的繁花，仿佛毫不以深冬为意；倒塌的亭子边还有一株山茶树，从暗绿的密叶里显出十几朵红花来，赫赫的在雪中明得如火，愤怒而且傲慢，如蔑视游人的甘心于远行。我这时又忽地想到这里积雪的滋润，著物不去，晶莹有光，不比朔雪的粉一般干，大风一吹，便飞得满空如烟雾。……

《雪》中同样有朔方的雪和江南的雪之对比，而且运用了几乎相同的词语和隐喻，否则就难以解释为何鲁迅在《在酒楼上》这一段话后用了一个省略号。鲁迅更为看重北方的雪，并将之视为精魂的形状也即灵魂象征："在无边的旷野上，在凛冽的天宇下，闪闪地旋转升腾着的是雨的精魂……// 是的，那是孤独的雪，是死掉的雨，是雨的精魂。"鲁迅似乎并不满意江南的丰沛感性，因为其中存在着沉溺和颓废，吕纬甫的颓唐即是明证，但吕纬甫也有可爱处，他奉母命为早夭的小兄弟迁葬，发现坟茔中尸骨无存，"踪影全无"，但仍抓了把土了事。灵魂之有无，原是鲁迅自己执着的问题。

自然神性遥不可及，历史崇高亦让人望而生畏。不像鲁迅那么较真的江南诗人，自然也没有鲁迅那么勇猛，只好追求一种物我两忘的静观美学。鲁迅与吕纬甫、"楼下的废园"，甚至江南风物（雪）都保持着一种反讽性距离。另一位江南人王国维以为"无我之境"胜于"有我之境"，可以视为古典美学的最高总结，而鲁迅想必会觉得"有我之境"胜于"无我之境"，以树立一种现代美学。如果以鲁迅的眼光来看，则江南式的自我（主体性）往往会和颓废、感伤、唯美捆绑在一起，鲁迅虽有时也不免于此，但鲁迅的不同之处在于他的反讽，对于这一"江南自我"更多自省和批判。鲁迅避之唯恐不及的江南式自恋主义或唯我主义，当代诗人趋之若鹜，如潘维在《隋朝石棺内的女孩》中就表现出一种临水照花的那喀索斯情结：

> 我梦见在一个水汽恍惚的地方,
> 一位青年凝视着缪斯的剪影,
> 高贵的神情像一条古旧的河流,
> 悄无声息地渗出无助和孤独。
> 在我出生时,星象就显示出灵异的安排,
> 我注定要用墓穴里的一分一秒
> 完成一项巨大的工程:千年的等待;
> 用一个女孩天赋的洁净和全部来生。
> ……
>
> 我仍能清晰地分辨出他的血脉、气息
> 正通过哪些人的灵与肉,在细微的奔流中
> 逐渐形成、聚合、熔炼……
> 我至高的美丽,就是引领他发现时间中的江南。
> 当有一天,我陪他步入天方夜谭的立法院,
> 我会在台阶上享受一下公主的傲气。

正如其诗题所示,潘维假借一位"隋朝石棺内的女孩"的身份说话,进而想象了这一女性自我和自己的"幽媾",虽然不太可能带来牡丹亭一样的大团圆结局。原因即在于潘维的江南是静态的,"我至高的美丽,就是引领他发现时间中的江南"。而潘维仿佛生活在江南的吸血鬼诗人,比鲁迅笔下的吕纬甫要颓废得多。他十分清楚自己的处境,仿佛自己不堪大用:"支撑房梁的圆柱是儒家几个腐朽的门徒。"(《雨水,将耳朵摘入心灵》)江南诗人容易自居边缘,这样的话,江南和江南风物往往成为一种姿态,甚至包括鲁迅诗文中的积雪、红梅与山茶也只成为人物姿态的点缀。

> 江南,仍是免费的忧郁。
> 比起杜甫得到的战乱和颠簸,
> 我逊色如一位穷亲戚,
> 口袋里只有偏僻的水光、山色。

> 或许还剩一张猫脸，
> 把美懒惰成九条命；
> 其中一条，在为爱情招魂，
> 用一支驮在牛背上的竹笛。
> ——潘维《炎夏日历》

潘维以杜甫的穷亲戚自居，江南的丰沛感性最后变成了免费的忧郁，也算物极必反、过犹不及。

然而，姿态并不全然是感性的过剩或赘余，而还可能是性情的流露。虽然姿态往往意味着人对风景的独占，犹如动物的领地行为。江南诗人对自己的美学领地性或疆域性颇为自觉，如潘维对太湖和西湖的独占，他甚至声称："太湖，我的棺材；西湖，我的婚床"，虽然他在这个过程中更愿意变成一只猫。再如杨键对长江的独占，朱朱对南京和扬州的独占，张维对虞山的独占……美学独占的姿态性甚至带有玄学的光晕，"诗中可交流的手段是词语，它的存在是为了再现或虚构某个事件（事物、事情），而当我们将词语的这种中介性进行集中展示的时候（让手段带上了目的性），它本身就成了一桩事件，成为对可交流性的交流。由于这种交流成功逾越了语言，直接呈现人寓于中介性中的存在，那么它从一开始就面对着不可说之物，泛出非语言的光芒。这种更高意义上的朝向和交流，被阿甘本称为——姿势"[1]。姿态并非全然消极，而是具有两面性，不仅仅指向自我沉溺或颓废，也有可能意味着升华与超越。这是因为姿态在美学静观中通达自然大道，独与天地精神相往来，而人的性情和性灵也在此过程中铸就。抑或，在柏拉图式的冥想中体会到创造之神与被造物之间的关系，这是一种自由的关系。有形的姿态可以模仿，但关键是，能够从中窥见无形的性灵：

> 长久的漫游之后，我来到南方
> 在这里，我将会得到一小片土地
> ——这已经足够。
> 如果我愿意我可以种下笔直
> 或者曲折有致的树木，还有秋菊
> 在忍冬花的黄昏，我会想起

---

[1] 张光昕：《虞山姿势论——兼谈张维近作》，《扬子江诗刊》2021年第1期。

> 我快乐的日子像霜一样轻薄
> 并且庆幸因为固守它们而使我的生活
> 拥有了木质的纹理。
> 这就像园艺,为了精致
> 或者枝干更加挺拔,你必须修剪
> 它们的枝蔓。舍弃是一种艺术
> 当我们渐渐理解,多并不意味着
> 美,简朴也不是缺乏
> 那么在我的生活中,我必须留出
> 足够的空间。习惯于在清晨
> 打扫小小的庭院,习惯于在夜间安睡
> 而收获一粒豆子就是收获一片南山。
> ——江离《南歌子》

早熟的江南诗人江离觉悟到,"收获一粒豆子就是收获一片南山"。这里还牵涉到劳作与游戏的关系。毫无疑问,姿态具有一种艺术的游戏性,它必须回归到创造的秘密之中,才会显露创造者的性情,性灵十足。创造者需要洞察创造之神的秘密。荷尔德林的诗性栖居诞生于此,陶渊明的隐逸诗学也诞生于此。对于陶渊明来说,创造之神即为自然。如果说,性灵存在于姿态之中,那么,必须补充说,只有在姿态的绝境抑或姿态想象的尽头,性灵才会如期而至。

> 国家安静,画架倾听,
> 那正是心灵等候的地方。桌面上,
> 湍急的木纹无声
> ——胡弦《老房子》

久居南京的胡弦也可以被视为江南诗人的典型代表,风格阴柔、手法绵密,以一种催眠般的低沉语调,如一个词语的沙漏试图捕捉灵光一现的自由。胡弦的独特之处在于又多了一层审视者的目光,仿佛有意要改造江南的靡靡之音(有点像自我改造),如对鼓的书写:

> 之后,你仍被来历不明的

声音缠住——要再等上很久，比如，
　　红绸缀上鼓槌，
　　你才能知道：那是火焰之声。
　　——剥皮只是开始。鼓，
　　是你为国家重造的心脏。
　　现在，它还需要你体内的一根大骨，
　　——鼓面上的一堆战栗，唯它
　　做成的鼓槌能抱得住。

　　……一次次，你温习古老技艺，并倾听
　　从大泽那边传来的
　　一只困兽的怒吼。
　　——《越音记·鼓》

　　在利维坦或"必要之恶"的威胁下，性灵是献祭之物，心灵也成为战场。让恺撒的归恺撒，让基督的归基督，谈何容易？更多的情况是夹缠不清。诗人的灵魂即为一种乐器。但是能否再一次成为国家的礼器，演奏祭祀音乐呢？即使做到了，又有何益处？胡弦意识到，编钟已散失、破碎："相对于成排的编钟，这单独的一只／像音乐的弃儿：仍有自己的声音，但已无法／挽留一支远去的曲子。／／悬在忽明忽暗的光中，患有轻微的嗜睡症。／它早已知道，什么是应该结束的事——／现在，任何敲击对它都形同勒索。"（《越音记·镈钟》）失序或失去韵律，也即颓废（decadence）一词的本义。在胡弦的诗中已有对颓废的反思。

　　整体而言，江南诗歌偏于感性的颓废而非整合，更像一种情感的独奏曲而非全部情感都要参与的交响乐。江南诗歌总体上类似于瑞恰慈谈到的"排斥的诗"，而非"包容的诗"，不过，对"包容诗"感兴趣的袁可嘉也是江南诗人。诗应该追求"最大量心神状态"，甚至还要包含"对立冲动的平衡"："对立冲动的平衡，我们猜想就是最有价值的审美反应的基础，它比起一些明确的感情经验来更能使我们的人格起作用。我们不是被导向某一特定的方向；我们的头脑有更多的面被暴露，也就是说，事物有更多的方面能够影响我们。"[1] 鲁迅与朱光潜的争论，除了

---

[1] 中国科学院文学研究所西方文学组编：《现代美英资产阶级文艺理论文选》（上编），作家出版社1962年版，第90—91页。

体现出"行动"与"静观"两种人生观的差异[1]，也有可能意味着对心理反应方式的不同理解：鲁迅提醒的是，在"静穆"之外还有"热烈"，而在"观音低眉"之外尚有"金刚怒目"。袁可嘉和瑞恰慈的视角必须补充进来。只有如此，我们才能得到一个完整的陶渊明。毕竟，相比于性灵来说，姿态更容易获取，而性灵却超越姿态。瑞恰慈与人合著的《美学原理》，请徐志摩在卷首题写了"中庸"二字，并引用了《中庸》作为题解："不偏之谓中，不易之谓庸，庸者天下之定理。"在徐志摩尤其袁可嘉等江南诗人这里，其实也可以看到通向心灵全体的努力，但其方法是通过包容而非排斥，通过综合而非剪除。完整的江南诗学，应该将江南的对立面包容进来。在江南自身之内，完成对江南的辩证思考。江南诗歌的观察者，也需要不断抑制单一化或纯净化对象的冲动，从而呈现出江南诗学的多重面貌。

三、修养与批判：古今之辩

江南诗歌在当代的浮现是一个缓慢的过程，其诗歌谱系学自然也体现了当代诗歌的变化。江南诗学中感性的丰沛甚至过剩，直接对应于经验主义和物质主义在 1990 年代的崛起。江南的忧郁、江南诗学的感伤只会产生于一个实用主义主导的时代，譬如，一个市场经济时代。在这个意义上，不能说江南诗歌只有抒情没有批判。对于江南诗歌来说，忧郁就是批判。必须以一种双重眼光来审视江南诗学。江南于二十世纪八九十年代之交再次凸显，正值我国文运和诗运转折之际。早逝的天才诗人戈麦在《南方》中，这样开始了他对江南的想象：

> 我的耳畔是另一个国度，另一个东方
> 我抓住它，那是我想要寻找的语言
> 我就要离开那哺育过我的原野
> 在寂寥的夜晚，徘徊于灯火陌生的街头
>
> 此后的生活就要从一家落雨的客栈开始
> 一片门扉挡不住青苔上低旋的寒风
> 我是误入了不可返归的浮华的想象

---

[1] 李雪梅：《重审"静穆"说——从鲁迅与朱光潜的"希腊"论争说起》，《文学评论》2019 年第 4 期。

>还是来到了不可饶恕的经验乐园

这首诗神秘地预示了 1990 年代中国的"经验乐园"。与小说领域的变化类似,九十年代诗歌的一大成就即对市民意识的屈尊俯就,致力于从世俗生活中发现人性的奥秘,并由于对社会政治阶段的误认,而吸收了后现代主义的写作技法和理念。现在这些可以看得更为清楚了。更多诗人有意识地将人性观察上升到社会批判,形成一种感觉学的自我批判,文学风格愈趋精致细微。臧棣就是其杰出代表。对于江南诗人来说同样如此。朱朱写于新世纪的《清河县》组诗,则将《金瓶梅》版本的世俗故事改写成了传奇,构成了江南爱欲在市民时代的一个倒影,倒映在商品经济发达的宋朝或明朝时期。爱欲想象本来是江南想象的一个重要内容,青年时期起就生活在江浙一带的诗人吴情水写道:

>那是一摊看似透明
>吸收在镜框里绵软的液体
>像工匠的一门精湛的手艺
>
>但另外一个女人
>她流产了我的秘密
>——《最高虚构的月亮——仿博尔赫斯》

值得注意的是,大部分诗人在写作江南诗歌时都很讲究形式,如朱朱、叶辉、吴情水等。这类苦心孤诣的诗歌带有一种象征主义遗留的辉光。江南诗人如卞之琳、戴望舒等较早对象征主义产生兴趣并非偶然,反过来,"荒原风"和"晚唐意绪"也一起推动了对江南的发现。时至今日,江南诗人在诗艺上最好的贡献之一仍然是象征主义,中国象征主义的世俗风味,与西方源自形而上学的神秘主义的象征主义判然有别。

在象征之外,江南诗学的另一方式是感通。"五四"一代认为最接近西方"象征"的是"兴",但现在,两种诗学的不同之处显露了出来:兴与象征渐行渐远,结果竟达到了象征的反面——感兴或感通。[1] 感通主义不仅是中国传统诗学的精神,还是其形式。感通在心,象征在脑;感通主情,象征主智。诗可以兴观群怨,而感通为其根底。"兴以致洁,感通神明。"早在 1990 年代中期,杨键就走上了独特的感通之路,而其方法是通过对佛教的修持:

---

[1] 王东东:《兴与感通——以杨键诗歌为例》,《扬子江诗刊》2022 年第 5 期。

既然思想来自对抗，
我宁愿像风一样无知无觉，
像月光刺透，杉树高耸
人们在其中自由走动的空间。
因为我想得又干又瘦，思想是我的肉瘤，
莫非文学的产道真的是悲惨世界？
灵柩的寂静，请永驻我心头。
——《思想》

  杨键诗歌最大限度地修正了江南诗歌的唯美主义倾向，以及由之产生的一切问题：自恋、感伤与颓废。技法上虽然简单，境界上却更高，至少在思想上非常沉重。《思想》一诗就涉及思想的苦闷，诗中的思想人物应该是释子或居士，在他眼中，文学和佛法几乎是一回事，二者都可以让人从生存痛苦中超脱出来。对于杨键来说，生存痛苦就是社会现代性带来的痛苦。可见，佛教的心性修养之学也可以构成对于现代性的批判。佛教的修养功夫先是被儒教吸收，尔后才以"空"的形式释放出其思想的革命性，这种空的革命性，一直从阳明心学延续到二十世纪的各种思想意识之中，当然其间也发生过断裂。在这个意义上，新文化运动也受到传统中边缘部分的影响，暂时撇开西方影响不谈，可以认为它在以佛反儒，不同于后来的以佛释儒、以儒摄佛。从中国传统自身的演变来讲，这是一场边缘思想与中心思想的斗争，二者的关系发生了逆转，但那个新的中心也需要新的思想去填充，而不会仅仅包含既有的边缘思想。

  平心而论，每一种思想传统都有修养性和批判性这两个部分[1]，中国古典思想传统也是如此，不妨认为佛教更多为其提供了修养性的部分，而儒教更多提供了批判性的部分。但对于现代中国却没有这么简单。杨键在一篇访谈中说："我觉得我们这个时代经过百年的动荡以后，所有的东西都回归到零了，正好是一个真正的起点……经历百年巨变，中国的知识分子、士大夫阶层，完全消失了，退出国家的舞台，或是被边缘化，彻底变作无用之人。如明末清初的遗民或者元代的遗民、

---

[1]　修养与批判这两个概念借自何乏笔，在他看来，古典思想包括中国思想更多属于修养哲学，而现代启蒙思想则属于批判哲学。我在更为宽泛的意义上来使用这两个概念。参见何乏笔：《修养与批判：跨文化视野中的晚期傅柯》，联经出版公司 2021 年版。

宋代的遗民,但他们最后的选择还能隐居山水,隐居在今天已经没有条件了……"[1]他长期从佛教中汲取营养,现在开始靠近儒教,一变而为当代保守主义诗学的代表。在诗歌感性上,杨键富有穿透力,而在诗学理论上,他却犯了混淆时代的错误。一般来说,在各种思想形式中,最易观察到的是批判性部分而非修养性的部分,如佛教在现代中国甚至也发挥了批判性的作用,与之相比,儒教很难发挥批判性的作用,其修养性也隐而不现。这一点可能是杨键始料未及的。批判来自修养,无修养则无批判。修养意味着思想的消极性一面,批判则意味着思想的积极性一面,二者对于儒家来说就是"内圣外王":"穷则独善其身,达则兼济天下。"当王阳明躺在棺材里待死之际悟出"圣人之道,吾性自足,不假外求",他也就获得了真解放、真自由,只要个人修养功夫到家,其他只是机运问题。王阳明其实达到了中国古典思想的空性,这种空性为迎接各种现代思想做好了准备:关键是处于空境之中,体验空的活力和空的革命性。在个人心性修养方面,每一个自由主义者都应该是儒家。儒家的人格理想正好填补了自由主义的价值虚空,使歧义不断的"消极自由"变得富有生机。话说回来,杨键的诗歌力量来自佛教对"颠倒梦想"的揭示:"因为永不更改的人性,/一切都不会改变啊,/一切都没有丢失,/但因为我们的愚昧,/我们的颠倒/心灵被掩盖,/一切都变了,/反掉了,/我们来到一个反过来的世界。"(《观心亭》)另一首诗对《圣经》的提及更为醒目:

> 一些妇女,一些失意的老人,
> 在去教堂的路上会经过这条流经各家各户的小河,
> 七十年代的手提包里放着黑皮封面的《圣经》,
> 孙子的照片,奶瓶。
>
> 不久,那挥锄的人就是坟墓,
> 山冈上孤独的自行车轮——生命的意义。
> 我们舒缓下来的时候,心灵的空白
> 让我们感到轻轻的喜乐。
> ——《心曲》之四

---

[1] 杨键:《我的诗不发生在城市,而在荒郊野外》,《哭庙》,尔雅出版社2014年版,第564—565页。

诗人在这里体验到了一种法喜。心灵的空白既可以是空性之乐，但也可能是一种"去中心"的喜乐，虽然距离佛教和基督教两种信仰方式都很远，但同时也意味着一种宗教相遇，正如西蒙·潘尼卡所说："我们不得不分析通向中心（the Centre）的不同进路，这中心维系一切，也是理解一切的关键。"[1]而同时，"这一宗教相遇实际上远远不止是两个朋友的相会；它是在存在之中，在唯一的存在者之中的一种交流，而这存在者与他们较他们与自己更亲密……在真正的相遇中没有傲慢态度，没有家长作风，也没有优越感。一个人的角色是教导还是学习，这在爱的统一中根本无所谓。灵性更突出、在某个灵性领域知识更丰富的人会自发地分发他所拥有的，与他人（邻人）分享"。[2]杨键在另一处写过："一只病弱的山羊，像画中的耶稣。"（《乡村记事》）而《心曲》中的这几行诗实际上反映出中国人心灵变异的深度，对于诗人来说，这还是修养的成果，虽然他只是偶尔从佛教眺望了一下基督教。

不客气地说，中国现代思想中批判性的部分更多是由基督教社会及其政治观念提供的，但和佛教一样，它也有待于化为现代思想中修养性的一部分。基督教之于中西现代社会的批判性，很大程度上源于其超越性。尼采反对叔本华佞佛的清心寡欲，其实也和觉得基督教不争气有关。杨键也谈到了海子，并认为海子是中西文明冲突的牺牲品，其实正是北上使得海子突破了古典传统的封闭格局。海子之于骆一禾的关系，一如西渡之于戈麦、臧棣的关系。海子、西渡、池凌云、朱朱都是向往北方的诗人。有必要提一下，江南的女诗人如果表现出风骨，往往比男诗人的风雅更出色，如秋瑾，她如剑的目光甚至让鲁迅也感到胆寒。杨键喜欢提问别人是否去菜市场买菜，在他看来，这也许是他和海子的不同之处。另一位江南地区的诗人陈先发也受到佛教影响。杨键的修养方式近于净土宗一类的渐教，陈先发则近于禅宗一类的顿教。在《湖心亭》一诗中，陈先发借飞蠓的意象构筑出禅宗式的思想家和诗人：

而飞蠓呢，它们是新鲜的
还是苍老的？
飞蠓一生只活几秒钟

---

[1][2] ［西］西蒙·潘尼卡：《印度教中未知的基督》，王志成、思竹译，四川人民出版社2003年版，第56页、68页。

> 但飞蠓中也有千锤百炼的思想家
> 也攻城略地
> 筑起讲经堂
> 飞蠓中的诗人也无限缓慢地
> 铺开一张白纸
> 描述此刻的湖水
> 此刻的我

不过,最终仍要回到对日常生活的领悟:"我不知什么是幻象 / 也从未目睹过 / 任何可疑的幻象 / 我面前这碗 / 小米粥上 / 飘荡着密集的、困苦的小舟 / 我就活在这历代的凝视中。"(《欲望销尽之时》)中国诗歌中本来也是缺少幻象的,海子曾经意识到这一点,并且从印欧文化中吸收灵感。而现实会在宗教幻象面前黯然失色,成为被审视和批判的对象。相反的另一个极端,在对日常生活的书写中,回到精神、语言和意义的零度。在江南诗歌中,也可以看到这种带有后现代色彩的零度写作,如车前子的《无诗歌》系列,仅举一首:

> 席卷而来的阿弥陀佛。
> 从上而下的阿弥陀佛。
> 刻在墨汁中的佛,
> 胖乎乎,像两个扬州朋友。

车前子的诗歌具有极强的游戏性,佛和神对于他来说不过是寻常符号,与其他事物的符号一起平等地进入语言实验。这一类诗人还有路东和余怒。他们是卡夫卡意义上的饥饿艺术家,诗歌在他们手中变成了一种行为主义艺术。行为性是对于姿态性的反抗,被迫回到意义的零度,仿佛厌倦了意义的循环再生产。对意义的拒绝和洁癖,意味着由文化边缘地带进入了空性和空境:虽然想要从既有意义模式中逃离出来,但又对新的意义模式准备不足,一如江离在《重力的礼物》中暗示的,诗人其实需要重新成为"饥饿得有待于创造的上帝":"路旁,一只松鼠跳跃在树枝上 / 它立起身,双手捧住风吹落的 / 松果——这重力的礼物 / 仿佛一个饥饿得有待于创造的上帝 / 诸友,我们是否仍有机会 / 用语言的枯枝,搭建避雨的屋檐 / 它也仍然可以像一座教堂 / 有着庄严的基座、精致的结构和指向天穹的塔尖?"否则,诗人就会成为诗人的反面。正如波德莱尔所说,现代性的一半是永恒，另一半是暂时的美，这种暂时的美往往意味着现代诗人的批判性。现代诗人的修养和批判并不矛盾，理想状况是二者合一，而批判性的强度不同，显然也是因为修养方式的差异。

（选自《扬子江文学评论》2023年第2期）

醉与醒

/ 冉冉

一

在我有限的醉的记忆里,印象最深的是 20 多年前那一次。当时我和老朱、正沉迷拳术的车队司机李,还有他在林场工作的朋友陈,四人一起从乌江口的学校出发,循峡谷野路逆江而上,无目的地乱走了大半天。时近黄昏,暮霭渐渐弥漫山野河谷,我们困乏又饥饿,四处却不见人烟。随着夜幕严严实实合围,打头的李看中了一处岩凹:这儿不错,岩凹可以遮挡风雨,小块草地可以生火。我们驻足捡来干柴点燃篝火,取出背袋里的面包水果红肠和两瓶"百花露"(色近蜂蜜的当地果酒,后劲儿相当大)——当几个人吃饱喝足大声"吼"歌时,地上摆放的食物狼藉,酒瓶已空。同伴的满面酡红让我也察觉到自己的醉——是那种脸发烫心跳加速,肢体自由唇舌欢悦的醺然。透过噼啪炸裂的柴火,我听到寡言老陈在喋喋不休——大家唱熟悉的老歌,跳自创的舞,精瘦的李还即兴演绎了一套"醉拳"。在酒意和夜色掩护下,身体心意都冲破局限极尽张扬,连趔趄踉跄的脚步都那么自然合拍。

篝火燃烧了整宿,有人打盹儿有人继续说笑,却并没有感觉多困。我面向岩壁站了会儿桩,然后一直盘腿静坐。待明火转为炭火,手脸耳轮虽然依旧温热,知觉却渐渐清明。黛蓝的穹顶下,河谷醉卧着,林中隐隐传出夜鸟低弱的呢喃。松香草香,游弋的声音,野樱桃的酸甜……手在暗中兴奋地捕捉动弹。有什么东西在贴近我?天空星云群山流水飞鸟鸣虫,都与身体交汇难分彼此。刹那间似乎灵魂出窍,而意识却又能清晰区分,那轻盈的飞升不是梦,而是醉。

多么欢悦,多么曲尽其致的曼妙的醉!

适度的醉，是身心解绑顾忌打破，是意念的天马行空，感官的全然敞开；是新鲜地见，无碍地听，纯粹地闻。此时此刻，你会重返少年的天真自在与率性痴狂。

多年后，当我读到"感性部分陌生化是唤醒人们重新经历过的感觉，感性全息陌生化是引领人们经历从未经历过的感觉。感性全息陌生化是诗人怀着原始感受之纯净心境，不以别人和自己第二次见到的目光打量事物，而是以第一次见到的目光打量自己内在和外在的生活，唯有这样，诗人才有可能进入人与世界及其关系的本真状态，抵达汩汩的生命本源，从而获得比高峰体验更浓重的原始体验"（戴达奎《现代诗欣赏与创作》）时，不禁会心一笑。要获得那样的婴童之眼、赤子之心，成为饮者大约是最便捷的方式之一吧？无待多言，古今中外有太多诗人文士与酒有不解之缘——微醺、浅醉或大醉后，有人率真如孩童，有人癫狂如赤子，那是面具去除后肆无忌惮的自由状态，原初的生命力得以自然喷发，隐秘的意志无羁地展露，此际或会进入给"存在""万物""第一次命名"的通灵状态。只不过，作为催化点燃诗人创造力的"酒"，可以是高粱麦黍酿出的琼浆玉液，也可以是飞蛾投火的炽热爱情；可以是让天地动容的至善至美，也可以是叩问幽玄的执拗探询……还有的时候，可能只是源于生命自身的悲切伤痛或欣喜。

二

在《黑夜史》的后记里，博尔赫斯写道："一册诗歌不外乎是一系列魔法的练习。那谦逊的魔法用他谦逊的媒介来极尽所能。"在施法过程中，老年的博尔赫斯常常让人感觉沮丧又得意，智性又野道，煞有介事又满不在乎。阅读他的诗，就像在倾听一个盲眼智者的吟哦，或是看一个顽皮魔术师的演出。让人着迷的，是诗中那些着魔中蛊的名词——

> 沿着他们漫长的世代 / 人类筑起了黑夜。/ 起初它是盲目不可见的睡梦 / 和将赤脚划破的荆棘 / 还有狼的恐怖。/ 我们永难知晓是谁打造了那个词 / 来指称那道黑暗的间隙 / 是它分割了两种幽冥之光；/ 我们永难知晓它在哪个世纪成了 / 星辰空间的秘语。还有人造出了神话。/ 它被指为静默的帕西之母 / 他们编织命运 / 而人们向其敬献黑羊 / 和预示它结束的雄鸡。/ 伽勒底人交给他十二宫；/ 门廊交给他无限数的世界。/ 拉丁语的六音步诗将它塑造 / 还有帕斯卡尔的恐惧。/ 露易斯·德·莱翁在其中看到了 / 他颤抖的灵魂的故土。/ 如今我们感觉到它无穷无尽 / 如一瓶陈年的酒 / 而无人能够将他凝望而不昏眩 /

而时间已将它满载了永恒。// 再想想它或许并不存在 / 若没有那对脆弱的工具，眼睛。(《黑夜史》陈东飚译)

世代、人类、黑夜、睡梦、赤脚、荆棘、幽冥之光、星辰空间、秘语、神话、黑羊、命运、恐惧、颤抖的灵魂、陈年的酒、昏眩、永恒、眼睛……数十个经诗人点化的名词，织入我们从不曾看见却又理所当然的神秘网络，构成一个相互作用影响的能指世界——连接它们的动词和介词都是陌生而恰适的。疑惑与神奇之处在于，在施法的当儿，那些道具（名词）是怎样——来到他面前的？发现召唤它们的是直觉还是智性？那最初的盲不可见的梦，将赤脚划得鲜血淋漓的荆棘，穷追不舍的恶狼，尤其是深不可测的黑夜……都是被加诸人类的永无止境的惩罚？其后的词既跟眼（幽冥之光、黑羊、雄鸡、十二宫）耳（秘语、六音步诗）鼻舌（陈年的酒）有关，也跟智性相连（命运、时间、永恒等）。在对词语的驱遣上，博氏看似唾手可得，任性不羁，同时又分外警醒，始终保持着疑虑玄思。这种介于醉和醒之间的平衡状态，或许就是智者叠加魔术师的状态。

三

说到醒，记起来的还有被我们忽略已久的布莱希特。

本雅明认定"布莱希特是本世纪最自如的诗人"。乔治·斯坦纳更具体地表述为："对他来说诗歌几乎是一种日常探访和呼吸。"这个生活在现代主义盛行的二十世纪里的异类，以简单直白客观的语言，"对二十世纪人类状况的经验做出生动的反映，它们追踪我们当下生活的样式，描绘一个世界的画面，而这个世界又是我们在不脱离现实的情况下能够分享的"（卡尔·韦尔费尔语）。有论者因此将他的写作归为"工具式实用式的抒情古典主义诗歌"。

一个孤独的清醒者，用一种颠覆性的平民视角看待事物，"拒绝充当圣人，远见者，博学家，预言家"，如同艾略特论及的吉卜林，"智慧具有压倒灵感的优越性"，更关注周围的世界而非自己的悲欢，更关注自己与他人感觉的相似性而非独特性。布莱希特置身于作为主流模式的现代诗之外，远离流行的艰深歧义、私密性、自我内心独白，"几乎是当今仍在写作的唯一的社会诗人，唯一其形式与题材一致的社会诗人，唯一名副其实的政治诗人"（H.R. 海斯语）。

也有人批评布莱希特：当他认同马基雅维利对道德的含混观点，将理性推到极端时，实际上就是认同黑格尔"恶是历史前进的杠杆"的原理，以历史必然论解释自由的概念，并对不惜一切代价实践历史目标的力量献上溢美之词。在宗教意识衰落后的现代社会，这种取代经验常识的超越性历史哲学，对于艺术家和知识分子具有极大的诱惑力。正因为用辩证法否定常识，才使得他的诗歌产生出某种奇特的双重意涵，从而丰富了作品的面向。

四

由醉与醒这两个多少显得简陋的字眼儿，想到酒神精神和日神精神。

在《悲剧的诞生》中，尼采用日神＋酒神比喻理性与意志的关系，认为希腊悲剧艺术是阿波罗形象和狄奥尼索斯精神结合的产物，更确切地说，是这两种力量相互冲突制约的结合物——

> "日神让人迷恋于生命的梦幻而忘记人生的痛苦；而酒神用一种形而上的慰藉来解脱我们：不管现象如何变化，事物基础之中的生命仍是坚不可摧和充满欢乐的。"

尼采认知的酒神是最原始最本源的艺术本体，对希腊悲剧的重要性远大于日神，它既能使人从人生痛苦中获得悲剧性的陶醉惬意，同时又携带着毁灭性冲动，因而需要日神帮助承担起拯救与调和的职责。问题在于理性主义世界观兴起后，狄奥尼索斯的生命意志被阿波罗的理性原理持续侵蚀，极大阻碍了艺术、生命和社会的发展，尼采因此呼吁恢复希腊悲剧中的狄奥尼索斯准则，重新尊崇酒神精神。

有论者将唐诗里的"醉与醒"类比为感性和理性的关系。放浪形骸洒脱不羁的"诗仙"李白，沉郁顿挫穷绝工巧的"诗圣"杜甫，或可视作酒神与日神类型两类诗人的代表。

以"酒神—日神精神"观照，史蒂文斯所创"星期天上午""最高虚构"及"田纳西的坛子"等经典意象，其蕴含的希腊式肯定生命的精神内核与沉醉—迷幻之诗歌结构，对生命意义及人类"生存困境"的思考，或有借希腊悲剧艺术"神启"的美与力，拯救现代人类"精神荒原"的用意。

三岛由纪夫读森鸥外《寒山拾得》和泉镜花《日本桥》，得知森鸥外以"明晰"为作文的第一秘诀，不能忍受任何暧昧不明，任何对语言想象的滥用。泉镜花则更多诉诸身体感官，用语色彩绚烂，追求"整体的知觉"而非单一事物的明确（名为小说却意不在人物性格或事件,而是作者自己的美感告白,其文体特色全系于此)——三岛将其描述为"理性的酩酊"。接下来,三岛说森鸥外毕生没写过大长篇,不免让人疑心像他那样绝顶理智明晰又极度节约的文体,或许很难写出洋洋洒洒的大部头来(笔者不由联想到也是毕生没有一部长篇问世的鲁迅先生)。相较之下,泉镜花则太适合写长篇了——他的语言好似一道撒满花瓣的脉脉流水,色彩华丽地前行,作者带点微醺的陶醉跟读者一样随水漂流。他的故事没有核心主题和理智牵绊,因此得以延展出森罗万象绵延不断的物语世界。至此,三岛所论的日神与酒神式作家/文体的分野也就非常清楚了。

从东方到西方,由酒神精神主导的诗人作家艺术家队列巨星辈出声威赫赫,阵容似乎更为强盛,然而真正的大师巨匠其实都成就于阿波罗和狄奥尼索斯的双边角力。对创作者而言,明晰的理性秩序与原始生命力的冲动缺一不可,假象的快乐和太一的快乐都是面对人生痛苦选取的策略而已。至于这共居某一肉身内的两种力量谁占上风,可能更多取决于冥冥中的无形之手,生命本尊大抵是无能为力的。不过话说回来,造物之秘,谁又能真的知晓呢?

(选自《江南诗》2023年3月第12期)

岩 画

/ 李达伟

一

苍山中的岩画和苍山中的某个庙宇中见到的壁画，都是残破的，都被时间侵蚀和篡改。一个是天然的石头，另一个是建筑的墙体；一个是在敞开的自然空间里，另一个是在相对封闭的场所内。我们抬起了头，岩画在悬崖之上，精美的壁画被画于建筑的中央，作画者的姿态将与我们看的姿态相似，那是需要仰视的岩画和壁画，也似乎在暗示我们那是需要仰视的美。岩画，色彩天然而单一，线条粗犷而简单。壁画，线条细腻，色彩华丽。岩画与壁画，呈现给我们的近乎是两个极端，从最原始的简单慢慢发展到无比精致。在苍山下，我们谈起了文化的发达会带来对美的极致追求，但有时也会走向极端，会走向追寻病态的美。壁画上人物的精美与圆润，色彩的华丽，是美的极致呈现。我们庆幸，在那里美的病态感并没有出现。

我在那个天然的空间，看岩画。它们在时间的作用下，变得很模糊，模糊成了它们的一种外衣。我们所见到的那些色彩，同样是它们的一种外衣，可能是真实的，也可能是时间带来的一些错觉。岩画所在的地方是一个自然之所，有高山草甸，有多种植物，有种类繁多的杜鹃。在岩画之下，现实退散，幻象出现。我们确实只能猜测那些在洞穴中在山崖上作画的古老艺术家，是在怎样一种原始的冲动下开始作画，并完成了一幅又一幅拙朴简单的画。我在岩画前想象着那些原始艺术家的形象，突然觉得他们很像在苍山中遇见的某些民间艺人。那些古老的艺术家画下了天堂与地狱的影子，他们同时也简化了天堂与地狱。我看到了一种穿过时间的粗粝画笔与粗粝思想，以及对于世界尽头的粗粝想象。岩画的存在，在我们眼里变得虚幻和神秘。那些岩画背后的艺术家是虚的，是在讲述的过程中有可能被我们讲得有血有肉的。但很遗憾，在面对着那些岩画以及背后巨大的想象空间时，我们的讲述如此乏力，艺术家变得越来越虚幻。狩猎、放牧、采摘野果与舞蹈，人物、动物与植物。我们能看清楚的只是这些。内容似乎简单到轻易就能归纳出来。我们会有疑问，艺术能否被归纳？艺术的简化形态，艺术的小溪，那是某些艺术的源头。我们无法看清的颜料，应该是动物血液与赤铁矿粉的混合物。颜料是经过了怎样的糅合，才会有过了这么多年还没有消除走样的效果？这同样是个谜。

苍山中，有着一些无名的岩画与壁画。"在苍山中"——这是让我着迷的描述方式，我多次与人说起自己在苍山中。我还迷恋另外一种讲述方式——"我从苍山中来"。我从苍山中出来。我们在苍山下相遇。我们谈论到了此刻所在之地，有着众多的虫蚁，每到雨天，蛇就会出现，还有其他一些生命会出现。蛇出现了，别的一些生命出现了，它们从苍山中出来。岩画上有蛇，还有着其他的生命。对于那些岩画，我兴致盎然，我喋喋不休，那真是一些会让人产生无尽想象的岩画。我所迷恋的是岩画所呈现出来的那种不经意性，是一种随意的、有着童话意味的东西。

画师在那个庙宇里进行着旷日持久的对于艺术的理想表达，画下了那些已经斑驳却依然华丽的壁画，基本都是一些神像。那个庙宇里没有人，我在庙宇里安静地坐了一会儿，在那个空间里找寻着进入那些画的路径。画师离开那个庙宇，出现在苍山下的一些石头房子里，画着其他的一些画，从墙体上回到纸上的画。

在苍山中，会感知到一些衰败，也会在那些衰败中发现一些重生。我同样喜欢那些衰败，就像那个满是石头房子的村落，还有那个几乎已经被杂草覆盖的村落，没有人，超乎想象的人的缺失，但我依然喜欢那样的破败。石头房屋，就像是他艺术的牢笼，坚硬的空间之内，放置的是不是柔软和灼热的心？冰冷的建筑之内，特别是冬日，特别是雪下到了这个村落里，搁置的是不是一颗冷静的心？在面对着画师笔下的世界，坚硬、冷静的同时，还有灼热与柔和，石头房子显得很简单，而屋内的人与灵魂却并不如此，那是复杂的个体，是画师记录下的苍山上自然变化时，他自己内心的惊叹之声。我也想像那个画师一样，像那些梦想者一样，记录下自己每次进入苍山之内，会产生的一些惊叹之声。画师也可能在那样破败却杂草丛生（生命的两种极端：逝去与重生）中，开始画那幅在时间的沙漏里璀璨夺目的画卷。画卷记录了一种辉煌的过去，同样也是在记录着一种消失。

我继续以我的想象塑造着一个可能或不可能存在的画师。画师画完那些壁画后，来到了苍山下的那些石头房子里。画师不断画着自然，不断临摹着自然，让自己拥有一颗自然的灵魂。画师的那些传世作品中，自然的痕迹并不明显，而都是人，他展示着人在面对着名利牵绊时的诸多姿态。画师看得很清楚，他只有在苍山中才会看得那么清楚，才能真正做到超脱。一群人出现，一幅画又一幅画连缀在一起，时间有延续性，但一些神色却是停滞的，是重复着的。画师的行为近乎怪异。当人们跟我说起那是一个怪异的画师时，我理解了他的怪异，同时我又觉得那根本就不怪异。我想到了老祖的丈夫，那个在自然世界中抄写贝叶经的人，这个画师与他相近，他们有一些方面太像了。画师花了很长的时间，他的目的就是进入苍山，真正的苍山之中，即便画师生活的世界背靠苍山，推窗就是苍山，他在苍山中临摹自然的同时，把那些临摹的草稿付之一炬（有点类似一些老人焚烧那些甲马纸），将灰烬倒入了苍山十八溪中的某条溪流里（这同样类似那些老人把焚烧后的甲马纸的灰烬倒入其中一条溪流中），画师传世的只是一些人物画（那些人物画，我们能一眼就看到他们内心深处住着自然的影子，凝神细视，那是一些长得像树木的人，像河流的人，像天上云朵的人）。画师的一些作品，像极了夏加尔的画作，一些飞翔与梦幻的东西很像，羊群开始飞翔起来，那时羊群上是一些飞鸟，还有一些岩石也开始飞翔起来，还有人也开始飞翔起来。一些人进入了画师留下的日记之中，那些日记更多的是记录他每天在苍山中行走时所观察到的自然，在自然中嗅到的气息和所看到的一些在山崖上停驻的老鹰，以及在山崖间长出来的一些花朵。他详细记录下自己在苍山中内心的日渐宁静，还记录下他付之一炬的那些画。他详细记录着自己在那些真实的自然中，内心所发生的一些变化，那是自然对于生命的影响。只是日记中的几本毁于一场火，那些生命的文字如一些生命般灰飞烟灭，让人唏嘘。画师还留下了一些混沌强烈的画，他画下的是对于苍山的一种无能为力，努力却看不懂的苍山，越熟悉之后越看不懂的世界。内心的罗盘，早已辨不清方向。在惊叹之中，覆盖在苍山上的雪与天上的飞鸟，冻结了罗盘的感应能力。画师画下了沉默的罗盘与寂静。画师画下了一种独属于自己的复杂性，那是作为个体不应该被剥夺的复杂性。

那同样也是一幅长卷，至少五十多米，画卷被缓缓展开；时间是现在，画师是一个女的，她所记录的同样是一种逝去与重生。那些石头的世界，松果般的形状与纹路，生命的尽头进入了那些石头。石头是坚硬的，但最后的那块石头已经破碎，一些东西碎落了，那时一些隐喻的东西出现。你无法去评判那幅画卷。你同样无法说那就是一种模仿。眼前的画师，说她一直在构思着这幅长卷，有很多个夜晚，她无法沉睡，往往一有想法就会点灯披衣。她说自己就像是被那个几百年前的画师附身，画下人在自然中的那部分，当年的画师并没有完整画下人在自然中的样子。她画了太多的石头。如果我跟她说苍山下有这样一个村落，村落里有着众多的石头房子，像极了她笔下的那些石头，不知道她会有着什么样的反应。你似乎看到了对一个影子的虚幻模仿，一种想对影子的努力捕捉。你一眼就发现了两个艺术家所要抵达的艺术的维度是不一样的。你不好随意评判眼前的那个画师的画卷总有种对于宏大的迷恋，至少是对于长卷的迷恋。她再次强调了那幅画卷有五十多米长。画卷没有完整地在我们面前展示，它只是一部分一部分被展示，某些部分永远是被隐藏着的。

黑色笔记本之一

在苍山中的那个村落里，所有的灯火早早就熄灭了，人们早已躺到床上，大家都在静静等待着亡灵的回来。苍山中的那条河流在厚厚的夜幕中，响声清越，还有点点冰冷，落入河中的星辰也感觉到了那种透心的刺骨。

白天，在苍山中的那个村落里，一场丧事刚刚办完，一些人沉浸于悲痛中还未能缓过来。暗夜里，夜是忧伤的，忧伤的心亦无法真正入睡。在人们的讲述中，亡灵会踏着冰冷的月光回来，月光很淡，只有亡灵才能看清淡淡的月光照出来的路。人们把亡灵生前最重要的物件摆放在了坟墓前面：一根拐杖、一个烟斗……

夜晚倏然而逝。人们都说那个夜里，亡灵是回来了，人们听到了他在门口抽了几口烟，磕了几下烟斗，就进来了。亡灵要轻轻碰触一下亲人，但亲人不能动，一动就会吓着亡灵。虽在世之时是无比亲切之人，但面对着亡灵，很多人依然感到害怕，只能忍着，只能屏住呼吸，许多人在恐惧中慢慢沉睡。亡灵忘记了烟斗。人们还看到了磕烟斗时留在门口的灰。那都是亡灵回来的痕迹。亡灵的亲人，把烟斗展现给大家，就为了证实亡灵曾经回来过。

人们说，在尸骨被安葬的那晚，所有的亡灵都会回来，无论是狂风骤雨，还是冰冻湿滑，那时那些年老逝去的亡灵，有了重返青春的力气，他们留在夜间的脚印，与常人无异。人们在这个问题上，有了一些不一样的声音，人们说起一些年老的亡灵时，都肯定地说他们听到了亡灵走路时喘气的声音，还信誓旦旦地说起看到了亡灵停步歇歇气时，令人悲伤和怜惜的身影。

我参加了其中一次葬礼，那一晚，我猛喝了几杯酒，早早就躺了下来，冰冷与恐惧让我很长时间不能入睡。我是在什么样的情形下入睡的，我已经想不起来了。只是翌日，人们开始纷纷说起亡灵回来的事情，所有人都面露肯定和激动的神色。我也丝毫没有怀疑，毕竟在我的记忆中，在人们多次说起之后，已经对此深信不疑，即便在众人的异口同声中，一些可疑的东西依然呈现在人们面前。即便时间继续往前，人们对于亡灵的认识依然是这样，至少在苍山下的那些村落里是这样。我离开了那个村落，人们依然在绘声绘色地讲述着亡灵回来的情景，这次亡灵忘在家里的是拐杖，那根支撑着生命度过了众多严寒冬日的拐杖。我回头看了一眼，看到了那根被时间擦亮的拐杖。信与不信，有时似乎已经不那么重要了。

我离开了那个村落。白日，河流的声响在人们喧闹的讲述中变得小了很多。我远离了人群，我沿着河流走了很长的路，才真正从那个村落里走了出来。在与那些喧闹的人群有了一些距离后，河流的声音开始大了起来，河流变得真实起来，我俯下身子，像牛饮水一样长长地喝了一口冰凉刺骨的河水。

二

苍山中至少有三百多种神灵。岩画中画下了其中几种。岩画所在的那个石崖，也被人们当成是神灵的一种，石崖下面留下祭祀活动的痕迹。他说到了具体的数字，在说出"384"这个数字后，他又说不只是"384"。他在苍山中说到了这个数字。数字的出现，成了一种强调，似乎是在强调数字的一种落寞。现在，人们所认为的出现在苍山中的神灵的数量早已没有这样多了。几百种神灵，已经是一个很庞大的神灵系统，同时也是很庞大很丰富的、对世界认识的不一样或者是对世界认识的趋同。那是人们在苍山中生活时的一种状态，神灵世界与现实世界的相互交叠。每个人的心中，至少活着一个源自自然的神灵。真实的是神灵不只是自然中的生命，神灵还可以有其他的种类。在我不断进入苍山后，我同样与神灵的多种形态相遇，也在这样多形态面前感到惊诧，感到有一种近乎幻梦般的对于世界的认识，那是属于苍山的对于世界与自然的认识。与这么多神灵相遇，也是在与一些稀缺的精神重新相遇。似乎我又开始陷入大词与虚夸的世界之内。但真如自己在与一些人说起的那样，我只希望自己的某些方面能够得到重新塑造，那种对于思想卑琐的抗拒，那种对于清洁精神的渴求。

他提到了桤木树中的柴虫，那也是神灵的一种。这时我们脑海里开始出现一条白色的虫子，在树木中空的部分慢慢爬动着，用赤与黑交杂的唇触摸着树木的内部，似乎舔舐一下，树木就会颤抖一下，然后不断往空里退。我们脑海中还出现了有着众多桤木树的村子，那是苍山中的村子。我们先是在苍山中的另外一个角落看到了一棵桤木树，很粗壮，仅此一棵，那时我已经觉得依然存在那样一棵树已经是不可思议。没想到在这个村落里，有着大量的桤木树。眼前的桤木树粗壮繁盛又奇形怪状。一些桤木树已经死亡，上面长出了丰茂的其他寄生植物。我们听着自然的声音。好久没这样把自己放入自然了，鸟鸣，风的声音，树木的声音，很少的人声。那些古木中将有着多少的柴虫，那里将有着多少的神灵？我第一次听说了柴虫同样也是神灵之一。他还提到了蝴蝶。他还提到了岩石（在提到岩石时，我想起我们村所信奉的神灵便是岩石，我们村子背后就是赤岩堆起来的山，进入我们的本土庙，我们看到的是一个被简化为木牌的"赤岩天子"），心中如岩石一般，有着如岩石一般的精神。他还提到了古井，提到了其他。那时神灵幻化为一只柴虫在巨大的桤木树中活着，被桤木树滋养着。桤木树下蓝色的阴影里出现了一只柴虫，它探出了头，又在我们的目睹下慢悠悠地把头缩回古木中。我在周城，看到了作为塑像的大黑天神，而在这之前，大黑天神就在我们村的庙宇里，以一块木牌的形式存在着，他们是同一种神灵，只是存在的形式不一样。

在苍山中，神灵系统已经成为我们日常生活的一部分。在一些特殊的日子里，我们进入那些本主庙中，举行一些为了人的生存状态与精神指向、五谷更好地生长、牲畜健康等的祭祀仪式。

离开那个有着许多桤木树的村子，也离开了某个正在举行的祭祀活动，我出现在苍山下的另外一个村寨里。我喜欢进入苍山中的那些村寨，拜访一些老人。这样的拜访很重要。有时我甚至会有一些偏见，那些老人心中存留着不一样的、已经不可能在此刻能看到的苍山。在高黎贡山中生活的那几年，我有意去山下的那些村落里拜访一些老人。我认识了老祖，认识了老祖口中的丈夫，还认识了那个民间的歌者。在苍山中，同样有着这样的老人。

我在苍山下的周城时，遇到了让我印象深刻的一群老人。一些安静地做着扎染的老人，她们的服饰上铺满如蓝天般的靛青色，靛青色的围腰、头巾、衣服，她们低头凝视并不断穿针引线。她们在缝制一些图案，似乎终其一生都在进行着一种努力，要完成对于那些蓝色中纯净的白色图案的理解。那些图案在扎成一团成皱的布里，打开，晒干，你看到了最终的图案，其中有些图案就被那些老人穿在身上。那是你在回想着成皱的布时，不曾想到的。其中一个老人正在安静地制作扎染，她正在制作一只蝴蝶。我们把注意力集中在图案上，把注意力集中在图案的艺术化，以及艺术对我们的浸染上。

黑色笔记本之二

当铜壶被挖掘出来时，她并没有感到诧异，她以为这次挖掘出来的依然是以前常见的那种铜壶。当那个负责修复文物的老人把上面的泥土和尘埃慢慢地刮擦干净之后，铜壶变得不再那么寻常。在苍山下这几年的挖掘考古发现中，那个铜壶是如此独一无二。这个铜壶上有着羽人的图案。别的铜壶上都没有羽人。作为考古者的她，在苍山下第一次遇见这样飞翔起来的物件。铜壶有种要羽化的感觉。飞翔被时间的尘土一层一层地覆盖。她觉得如果自己没有小心翼翼地把那些尘埃拭去的话，它总有一天真会消失。她说自己成了一个梦想者。她成为考古者中的一个，就是想把苍山中那些被掩藏着的东西挖掘出来，她对那些美的东西，那些可以打开无限想象空间的东西很痴迷。我出现在她所说的那个村落，一切都很平静，一切都已经或正在消失。考古的现场已经消失，就像考古的人不曾来过一样。也许某天他们还会回来。他们离开后，那些现场被填了起来，在草木繁盛之际出现的，只有那些不断生长的草木。

　　她想轻轻地抚触着那个铜壶，但她知道自己不能，那个翅膀被她接触后可能就会折断。翅膀从铜壶上折断，掉落在地，在空气中将彻底消失。铜壶需要经过专业的处理。那时她在几重身份间转换，她开始意识到自己的内部装着好几个自己，那些自己都想把考古者的身份掩盖，内部那个作为纯粹审美者的她最终占了上风。她成了一个纯粹的审美者。

　　那时，铜壶羽人出现在博物馆里，躲在暗处，但她一眼就发现它所在的位置，这与她在苍山下考古时一开始的茫然无措不同，那时她更多是靠运气，她无法肯定一层又一层的土下面会有什么。铜壶羽人出现了。她以为自己会遇到更多，她感到一阵窃喜，不断深挖，不断把范围扩大，但就仅此一个铜壶，也仅此一个羽人。她慢慢平静下来，一个已经足够。她又回归到了纯粹的审美者状态，那种穿越了许多时间，依然释发出斑斓灿烂的羽翼，已经让她不再贪婪。她在苍山下的那个村落里，长舒了一口气。然后，她带着那个已经经过专业处理的铜壶羽人，离开了村落。落日从苍山上落了下去，天色渐暗，一股冷气袭来，羽人已经被放入博物馆。此刻，落日将尽，我还舍不得离开苍山下的那个村落，我也在想象着那些色调单一的土层之下掩埋着类似羽人的东西，那里可能还掩埋着会让想象飞升的翅膀。

三

　　在这之前，我们在苍山西坡的村寨里，见到的都是一群人在打歌，众人参与。打歌往往发生在夜间，在篝火旁，喧闹的世界，人们在那样的情景下尽情释放着自己，尽情享受着快乐。当我们融入那些喧闹后，又隐隐感觉到自己只是暂时忘却了世界中充斥着的分歧与苦难，我们知道至少那些属于个人同时又是群体的苦难一直还在。似乎只有众人簇拥在一起，内心深处的那种无尽的孤独感才会有所稀释。在苍山西坡，我们习惯了这样的群体喧闹的方式。打歌是为了度过漫漫长夜。打歌在苍山中的一场婚礼后进行，那时获得的就是快乐；打歌还在一场葬礼前进行，那时大家通过这样的方式纾解内心的愁苦。我不曾想过，在苍山中，还会遇到与我们的习惯完全相悖的打歌，只有一个人的打歌。

　　我们在去往雪山河的路上，他们跟我说起了那一个人打歌的村寨。在他们的讲述中，我对这样的世界开始很向往，毕竟这是与我的常识不一样的世界。在苍山西坡，一个人在那里跳舞，有独舞的意味。这种打歌出现在那个村寨，现实的一种。有人就在我们前面打跳，用彝族语言唱着些什么。因为这种语言与我熟悉的白族话不同，在听的过程中，竟进入了一个奇异的世界里，那只能是语言的陌生所可能抵达的陌生，并有一种奇妙的误读。那时，我不用去关心语言。其实，我又怎么能轻易忽略那些语言呢？即便说的都是白族话，但在苍山中，因为小的山河村落的切割，就让它们有了一些细微或明显的差别。语言背后，我们遇见了一些独属于这个世界的生活方式：甲马、对歌、鬼街（鬼与世人的节日，更多是鬼的影子，许多人说在那个近乎狂欢的节日里，你会碰到很多已经逝去的人，一些人带着对逝去亲人的无比思念，在那个特殊日子里，出现在苍山下的那条街上）……

　　一个人的打歌，也是祭祀仪式的一种。不知道那是祭祀时的舞蹈之前，我们觉得那是沉醉于近乎虚幻中从而摆脱孤独的舞蹈，是极简主义的舞蹈。这也是我们在面对着那种舞蹈时，最为合理的解释。有些时候，在苍山中，很多的东西都变得不再那么合理。那些不合理的东西，不断冲击着你的内心，让你的内心在面对着那种情境之时，会对世界产生新的认识。同时，在各种解读面前，它又马上以悖论的方式出现，让人不知所措。在苍山中，我慢慢放弃了那些放任的臆测。

　　在苍山中，那种看似孤独的舞蹈，其实并不孤独。那个跳舞的人说，我是在与苍山中的那些树木共舞，你们看到那些树木在舞蹈吗？我望向了树木，树木静止不动。那是给自然之神跳动的舞蹈，一些人这样说。那时，现实与我们所希望的似乎完成了平衡。在苍山西坡的火塘边，眼看火焰渐渐暗下去，我们开始感觉到了睡意，有人却不希望我们睡去，他到外面的星空下向星星借了一抱柴火，房间再次亮了起来。我们看到了有个跳舞的影子，舞者的真实身影却看不见。那时，不只是我一个人看到了那样的情景，我也不敢跟人说起自己看到了一个跳舞的影子。当我还在犹疑时，有人把我拉了起来，我们一起跳舞，跳起白日里我们所看到的一个人的舞蹈。它成了一种群体的舞蹈。当自己也能成为舞蹈的一部分后，再也感觉不到那是一种呈现孤独的舞蹈。世界，给人呈现出了另外一面。

　　苍山西坡的这一晚，我们所感受到的便是世界的多重维度。在众人尽情舞蹈时，特别是在其中一夜，打歌在夜空之下进行，那夜繁星璀璨，我们忘却了在苍山中还有一些属于孤独与忧伤的舞蹈。那夜，我说不清楚是否有着一些孤独的影子也混入了我们中间。那一夜，有着各种思绪复杂的人，同样有着各种单纯的人，我们面对的是同一个火塘，又是不一样的火塘，身处同一个夜空，又是不一样的夜空。那一夜，我并没有梦到自己在苍山中，孤独地跳起了那种简单的舞蹈。在一座城中，孤独感越发浓烈之时，我竟然梦见了自己在苍山西坡的一个陌生的村落里，笨拙地跳着那种舞蹈，一步，两步，到七步结束，接着重复，然后开始慢慢有了变化。我猛然意识到岩画中有着那些舞蹈的影子。

黑色笔记本之三

　　人们聚集在庙宇里。庙宇往往是苍山中每个村落自己的本主庙。祭祀活动中，最重要的环节是为了寻找那些走失的魂。那些因魂走失而变得体弱多病之人，那些因魂缺失而萎靡不振之人，还有那些受到惊吓的孩子，他们纷纷来到了那里。等所有的祭祀活动结束，把鸡头、鸡骨头、鸡尾巴上面所暗示的一切信息慢慢看完之后，那些魂走失了的人都留了下来。

　　我看到有很多人留了下来，这也意味着许多人活在了失魂落魄之中。大家都需要把曾经的自己重新找回来，能否顺利，就看祭师能否帮自己找到，或者是在祭师的暗示下，自己能否在那些角落里找到。那种行为，似乎也在暗示着要想找回真正的自己，靠祭师的同时，还要靠自己。祭师拿着点燃的香进入庙宇之内，他们也跟着祭师进入其中。有一次，我也跟着祭师进入了庙宇。那时年少的我被一窝马蜂蛰了，昏睡了几天，等苏醒过来后，变得颓靡不振。不用让祭师掐指卜卦，父亲就肯定地说我的魂弄丢了，同样需要去庙宇里把它找回来。祭师口中念念有词，念得很轻，很少有人能捕捉到祭师口中的只言片语，大家都不会感到遗憾，一些人还感到庆幸，毕竟那些语言，还有那种表达虽与自己有关，交流的对象却不是自己。在我小的时候，曾多次认真听过祭师的话语，只能捕捉到一些人名和地名，那是具体所指的东西，别的我没有听清过。随着年龄渐长，对世界的感觉退化变弱之后，要听清祭师的话语就更是不可能了。

　　祭师用香熏着那些角落，里面有着一些蜘蛛网的地方，那是魂依附的虫子生活的地方。那是像蜘蛛一样的虫子。我们都相信丢失的魂已经幻化为那种虫子。

有时它们很快被我们找到，有时没能找到它们，我们的喜笑颜开与颓丧失落都写在了脸上。没有找到的话，还将至少举行一次祭祀活动。找到的虫子，被放入炒熟炸成米花样的苦荞中，封存起来，放到家中的祭台上。苦荞炸裂开来时，我们用锅盖盖着，但苦荞依然掉得满屋子都是。为何我们的魂就只是那种虫子，为何就不能是其他的虫子，像竹节虫，像蝗虫，或者是其他的动物，像豹子，像老虎？我们细细思量后，一致觉得很容易就被忽略、生活得也很卑微的虫子是魂很合理。在苍山中，我又遇见了一些人，他们同样在找寻着丢失的魂，他们说要找回那种向死而生的力，还要找回健康而熟悉的自己。

（选自《天涯》2023年第2期）

季度观察

游移之力：街道美学、南方风物与动物之诗
——2023年春季诗坛观察

/ 钱文亮　黄艺兰

一

在《一切坚固的东西都烟消云散了》中，马歇尔·伯曼曾指出，巴黎的林荫大道是19世纪最为辉煌的发明，它的出现亦是传统城市在现代化进程中的一项决定性突破。自20世纪90年代起，中国的城市化运动突飞猛进，大中城市迅速崛起，街道的力量亦开始显形，成为激发诗人灵感、更新城市诗歌的重要源泉。本季度，不少的诗人聚焦于都市街道，在人与城的互相凝视中创造着别具一格的街道美学。

街道魅力的发现往往来自无目的的漫游，卢梭、克尔凯郭尔、本雅明等对此皆有心得。本季度，曾纪虎的《影子》一诗即将笔力贯注于"行走"这一身体性行为本身，并将其根源追溯至远古时代，即一个人类仍如动物般"用四肢应对它的行走"的时代，由此发掘其中所蕴藏的"力的美"和"行动的匀称"。不过，随着现代都市汽车、地铁、巴士等代步工具的普及与发达，"行走"作为一种极富身体美学的行为活动，正在逐渐淡出我们的生活。汪漫《夏日阵雨中的一匹马》就体现了对此问题的思考。诗人起笔于开车经过上海静安寺的所见所闻，以一系列的反讽性修辞手法，痛陈自己对如今都市街道的失望之情：路过长乐路，却没有感受到欢乐；路过东湖路，却没有看见湖水；路过复兴西路，却发现这个年代没有任何文艺可以复兴；路过淮海路时，看到商店橱窗内的黑马，却发现自己不在草原，而是被困于闹市拥挤的道路中央。诗人因此告诉我们：当人们不再以脚步丈量土地时，肉身与世界之间的连接便会随之变得岌岌可危。无独有偶，韩东的《深夜，车库》一诗则将深夜的地下车库比作巨大的汽车坟场，通过描述其"深"与

"静"来塑造这一介于现实和虚幻之间的阈限空间，诉说由于身体与世界脱节所引发的悬浮感与失重感。

为重新恢复肉身与空间之间的直接自然联系，诗人们选择以各式各样的行走方式去重新贴近街道、建筑和人群。许天伦选择沿河而行，以"一滴水的方式流经"南京的大街小巷，取得了一种身在市井但又远离市井的双重视角（《南京一夜》）。李万峰则在某家蛋糕店门口，因为嗅到"安德鲁森蛋糕"所发出的特殊香气，而突然回忆起一位曾出现在他生命中的中年女性。接着诗人又以街道上各种建筑物与食物的气味为钥匙，重新在脑中放映她奔跑着穿梭于地铁站、博物馆和蛋糕店等空间的身影（《我在安德鲁森蛋糕店门口》）。诗中的"安德鲁森蛋糕"就如同普鲁斯特那一小块浸泡在茶水中的玛德琳蛋糕，给诗人提供了复活时间的契机。草树在《倒立行走》一诗中讲述了自己少年时期的一个特殊爱好，那就是在傍晚的晒坪上双手着地倒立行走。但在成年后，他却反而失去了"倒立行走"这一技能，同时也失去了特立独行的勇气。马嘶在《飞行的人》一诗中将自我放逐于城市上空，描绘了深夜独自一人在街道上遛鹅时，突然起身飞往无人之境的荒诞景象。如果说依据几何学绘制出来的理性地图是逻辑清晰且固定不变的，那么以"行走"或是"倒立"甚至是"飞行"等非正常姿态所标记出的，则是暧昧含混、杂乱无章的空间叙述。诗人们正是在不断的颠倒与起飞中，幻想摆脱地心引力的束缚，宣告日常生活中奇迹时刻的来临。

除了以各种各样的方式漫步在街道上的路人，道路两旁的窗户也是构成街道美学不可或缺的一部分。巴什拉将窗前的灯称为家宅的眼睛，一扇扇敞开的窗户构成了街道向外张望的一双双眼睛，而矗立街头凝视街道上一扇扇窗户的诗人，也形成了一个诗意的姿态。赵卫峰的组诗《在乎》专注于描述个体的"此在"状态，也即诗人之于一个个现实生活中的具体场景的在场感，在迅速变化的现代世界中抛下一个不变的锚点。其中《在仰望》一诗以"窗"为画框，框取出城市中不同人的不同生活，同时也塑造出了在街道上沉默地注视着窗后他人生活的观察者的形象，令人不由得想起希区柯克那部著名的电影《后窗》，同样是以一扇小窗打开了一扇人性的大窗；另一首《在感想》则干脆掏空了窗内的风景，仅描写"看窗"这一姿态本身。诗人对道路两旁窗户的驻足观看，构成了行色匆匆的当代生活中一次弥足珍贵的停顿，仿佛是乐谱中恰到好处的一个休止符，而这正是诗意生发的瞬间。江汀的《变奏》一诗的灵感，同样来源于一次对窗与灯的驻足观看："凝视远处高楼上的窗灯，／在这深夜里只有两扇。／黄色的光斑，在眼中展开重影，／像两只澄澈的蝴蝶伸出翅膀。"诗人将亮着灯的窗比作澄澈的蝴蝶翅膀，通过自己的眼睛发现了这一刻在他看来颇富诗性的存在。诗句简单明快，而又充满了诗意的幻想。极具感知力的诗歌还有庞培的《夜风》。当夜里一阵秋风吹来时，诗人发现头顶的灯如"街道般摇晃"，树叶变作一扇扇窗户，风则化为"一双望向窗外的眼睛"。看似毫无逻辑的比喻，却瞬间打通了窗外世界和窗内世界之间的界限，令诗人感到历史与自然彼此交织，在身旁呼啸而过。究其根底，这阵"夜风"不过是诗意生发的助推器，诗人对于窗的静观才是感触世界、引发情动体验的起因。许无咎的《下雨，阳台的窗户没关》一诗从窗内的"我"的视角出发，透过窗户观看窗外万物的变化，以取得某种独立审查世界的视角，但最终却挫败地发现自己仍然被深深地裹挟其中，揭示了现代个体生命在社会中的普遍困境。离离的《我的窗口》一诗则对既有的书写模式进行了有意翻新，互换了传统诗歌中人与物的视角。当诗人发现沿街其他窗户都已经暗下来以后，也起身去熄灭了自己家的灯，这一举动并非因为诗人喜欢盲从和跟风，而仅仅是因为害怕自己家的灯会因为只有自己亮着而感到孤单，这种表达呈现了诗人情感的细腻纹理。刘川的《在孤独的大城市里看月亮》一诗接续了传统诗歌中的望月母题，但在描绘了都市生活的孤独感后，却没有落入乡愁或爱情的俗套，而是倏地荡开一笔，发现他曾经的"仇人"竟然也在望月，因而两人一笑泯恩仇。这样的转折使得诗歌境界阔大，又不乏趣味性，读来别有一番风味。

在诗意的漫步与眺望之外，街道上零余者孤寂落寞的身影，也是难以忽略的一种存在。苑希磊的一诗《搬家》铺陈了一系列诗人所暂居过的街道名称，记录了新时期漂泊在乡土与都市之间的诗人的艰难心路。李商雨的组诗《虚幻集》以一种旁观者的目光揣摩生活的孤独、空幻和寂静，其中的《晚年生活》以白描的笔法勾勒了一位在马路上捡垃圾的老太太的生存状态。这位老太太收集垃圾并非为了换钱，而只是想以"一堆堆矿泉水瓶"和"一捆捆硬纸板"填充空虚的老年生活。被排斥在人群之外的老人在城市中并非孤例，生态自然在都市中也面临着被破坏的危险。蒋立波的《在巨柳折断的声音里》一诗，由朋友圈里诗人桑克所发出的一张折断了的巨柳的照片起兴，诗句"它已经在不知不觉中坠弯我们"里那个意义模糊的"它"，既是指被摧折的大树，也是指产生于城市化进程中的隐忧。在此隐忧之下，部分诗人自都市转身，重新探访故乡的山路，抒发内心深处对故土的怀念与追寻。祝立根的《宽阔》以"山路"为对象，书写山路每一分岔上山野精灵与云影幻变的可能，因此它不再是普遍化、标准化、放之四海而皆准的统一地图，而是专属于诗人自己的私人地图——"这是属于我的小小的路线图"。杨隐的《灯绳》将年少时家中那根能带来光明和黑暗的绿色尼龙灯绳，比作一股能"把光芒从深井中打捞上来"的"魔绳",并在这一极细极脆弱的尼龙绳上营造记忆宫殿。当他离家远行后,这根灯绳反复出现在这位游子的梦中,并给予诗人如拉扯灯绳时发出的"啪嗒"声一般安心的感觉。傅元峰的《望》立足当下回望故乡,如"当茶客都走了／西北的雪才重新下在我的茶杯里"和"那时蓝天和老柳树趴在村口／鸡鸣狗吠就足以让人号啕大哭"等诗句皆质朴简单,却又道出了无数游子的无奈。当城市化日益成为难以躲避的洪流时,正是亲情、爱情、友情等仍然在支撑着国人生命的意义,在动荡的时代给予归属感,在破碎的世界修复存在的完整性,正如马鲜红在其诗中所说的那样:"我们只是虚无的一些影子,／是情充实了我们,／让我们有了人形"(《我们只是虚无的一些影子》)。

二

随着移动终端的普及和人工智能的突飞猛进,移动媒体介入诗歌领域已是司空见惯的现实。在小红书、微博和快手等平台上阅读和创作诗歌,已经成为部分年轻人记录当下时刻的一种生活方式。移动媒介在推动诗歌写作进一步日常化的同时,也引发了一些诗人关于阅读与创作的危机感。吴沛的《短视频》一诗就表达了与之相关的思考。诗人观察到,当一天过去以后,人们在手机里回放白天录制的视频的时候,会发现生活变得"细节平整、光滑、明丽,充满惬意"。然而,隐藏在生活背面的羞愧、误解和暗伤,却仍然需要我们寻找、揭发,需要我们刺穿短视频编织的幻象,重获直面真实生活的勇气。

与电子阅读相比,纸质阅读有其独特的审美体验。无论是纸张的肌质,还是油墨的香气,都使得纸质阅读成为一种集触觉、嗅觉、视觉等多种感官为一体的身体性活动,激发着我们内心最深处的情感和想象。王静新的《月夜春雾,读〈聊斋〉》一诗,就以灵动的语言叙述了自己阅读纸质古代志怪笔记时的经验。纸张在这首诗里显示出了它的神奇魅力,仿佛是巫术仪式中的道具一般有着"点石成金"的功能:当诗人"掀页的指尖"触及纸张时,"迷雾漫向纸页",狐媚精怪逐一化为人形,登台演出,发出对既有秩序与腐朽人心的严厉拷问。刘挽春的《临窗看书》同样以"书"为幻境生成的契机,每当诗人看书看得犯困时,纸张的魅惑之力便会显形,让书中人物从书里走出来,进入我们的生活之中。冯岩的《拓片》集中于"文本"生成的瞬间,当我们用手指的力量和墨水,将坚硬的石碑、甲骨和青铜器上的文字转印在柔软的宣纸上的时候,一张张历史人物的面孔便浮现在薄薄的纸的背面。在英文单词中,Text 既有纺织的意思,也有文本的意思,故女性与文学创作之间有着天然的亲缘性。林馥娜的《为诗集设计封面》一诗将女性写作比作在封面上刺绣，的当是锦心绣口。诗中写道"一次次把自我提取为丝线"，在针线一次次"织进去"又"抽出来"的往复动作间，书籍的封面成为一道界于"出神"与"入神"之间的阈限，使世间万物的谜面浮现于其上。

在纸质阅读的过程中，读者实际上经由多重的感官来体验阅读，包括感情及各种身体感官，而不仅仅只是个冷漠的旁观者。因此纸质阅读的魅力不止于能激活人们的想象力，还能调动情感，生成情动体验。谢君的《慢三》便将对家庭所有的温情和回忆都集中在一本翻开的书的某一页上："家里最温暖的东西是／翻开的一本书的／第42页／和压在上面的一盒／泊头火柴，在客厅／绿色绒布沙发上"。在这首诗里，纸张成为一种情感载体，承载着阅读者不断流动变化着的情动体验。而阅读一封来自亲人的信件，更是短信或微信难以替代的情感体验。在邓德舜的《背面》一诗中，当诗人翻出父亲四十年前寄给诗人的牛皮纸信封时，信封上贴着的邮票、盖着的邮戳，还有里面夹着的一片橘叶，都使得纸张不再是单薄的存在，而是成为包含着多种情感维度的、极其厚重的"复合文本"。叶面和纸面上的脉络如同父亲掌心的手纹，多重脉络彼此交织成诗人生命中最重要也是最温暖的记忆内容。

对于很多年纪较长的诗人而言，笔和纸无疑是与他们联系最紧密的物品之一，诗人的一生正如王怀凌的诗句所描述的那样："笔和纸不离不弃""引诱一个执拗的灵魂步入深渊"（《黑白世界里的病句》）。与此同时，本季度的一批诗人不约而同地将"创作"比作"耕作"，致力于重新唤醒"纸张"与"大地"之间的关联。孟醒石的《活字》和《在白纸上种地》等诗或是将月光下的大地比作白纸，赋予铅字以鲜活的生命；或是把在纸上写诗比作在田间种地，呼唤当下喧嚣时代所缺失的深耕细作和个人独立判断的能力。蒲阳河的组诗《笔下的种子》将每一次在草纸上的落笔都比作在田间撒下饱满的种子，在如纸般大的一亩三分地上做自己的"果壳之王"。钟生的《诗句》将生命经验、诗歌写作与稿纸彼此联结："有时生命在纸上反复操写着／不过完成了一个普通的诗句"。林长芯的《傍晚偶观群山》一诗，更是将"稿纸"扩展至天地之间，以群山为画纸，画出生命的线条、起伏和现象丛生，以此反对局限于书房中的创作。

三

在本季度的诗潮中，关于"南方"这一特殊人文地理的书写与想象成为引人注目的现象之一，正如诗人林雪所言："一个南方之国在光辉里渐次打开"（《有如初见》）。诗与南方的亲密关系自有其绵延不绝的历史脉络，早在宋元时期，南方精神和南方风格就已经在风雅士人身上得到体现，在二十世纪，南方文化又孕育了现代新诗的独特开端。因此，南方不仅仅是一个单纯的地理概念，而是一个由心理与文化建构起来的文化概念，意味着一种独特的诗歌审美风格和风物感知。本季度的部分诗歌或书写南方文化所标举的"物"之美学，或接续南方的抒情传统，从而形成了独树一帜的景观。

在共享山川风物的情景下，南方文化逐渐形塑出一些清晰可感的"意象"，并在使用这些意象的诗人之间，促生出某种"同体感"。翠鸟即为一例。自古以来，翠鸟和珍珠就是南越地区的象征，尤其是在唐代诗歌中，这两种意象在最大意义上承载着中原或北方地区的人们对南方盛产奇珍异宝的异域想象。黄礼孩在其《阳光经过麓湖》中写道："三月绽放幻术，翠鸟在空中停留／突然猛扎到水里，站在鱼群中间／仿佛生活于此，不需抓住什么，横着飞走"。诗人以"横"为状态副词修饰翠鸟的飞行，使得翠鸟不受任何陈规拘束的梦幻气质和灵动力量跃然纸上。无独有偶，白族诗人冯娜也被产于南方的神秘翠鸟吸引了注意力。她在《翠鸟》一诗的开头描绘了一个将要投水自杀的男人，又花费大量笔墨晕染了环境的黑暗与压抑，而打破这一切的，正是一只突如其来的南方翠鸟。在诗歌末段，诗人安排了"一只翠鸟迎着闪电飞来"，如一颗"蓝色的药丸"，以"凶猛的剂量"拯救了这个男子。和黄礼孩梦幻诗意的书写方式相比，冯娜选择将她的翠鸟打磨为锋利且生猛的意象，给读者以重重一击。而在另一首《红豆树下》中，诗人则使用了拟人的手法，赋予南国红豆以生命。当"红豆"和"拾红豆的男子"相遇的一刹那，灵魂在爱欲的旋涡中寻得了自我。同样以南方风物为诗眼，书写爱欲与自我之诗的，还有海男的《这些华美，这些灌木丛，这些毫无理由的爱情》。诗人以饱含情欲的目光"凝视"一名滇西男子，并在诗歌的中段突然安排一只"忧伤的黑麋鹿"出现，使男子和麋鹿相互指涉。此般故事情节令人不由得想起沈从文《看虹录》中的女子与白鹿，同样是在情欲、梦幻和动物寓言的纵横交织之间，谱写南方的爱欲之诗。

另一部分诗歌以南方植物为主题，如林宗龙的《多裂棕竹》。此诗虽然以南方特有的植物多裂棕竹为主题，但贯穿全诗的中心线索却是一种神秘的声音。在声音的指引下，诗人缓慢凝视棕竹叶片的褶皱、裂痕和细纹，并在镜子面前，达成自我身份与棕竹形象的彼此互换，由此进入"我"的隐秘之地，窥视自己内心深处的阴影与侧面。林南浦的组诗《给木棉设计屋顶》以华南地区所独有的花树为书写对象：挂满黄色铃铛的黄钟树，给过路的孩子提供了想象的天地，也给诗人提供了一份轻盈而孤独的美丽（《一树黄钟》）；尚未开花的木棉树留给诗人展开想象的空间，诗人幻想用尖锐的仙人掌的刺、绚烂的三角梅和一朵怒放的木棉装饰树顶（《给木棉设计屋顶》）；凤凰树下读书的年轻人，随着风来而生出双翅，遨游天际（《翅膀》）。隆莺舞的《麻椒的短暂制衡效果》则以重庆人最喜爱的香料之一麻椒为主角，带出当地豪放洒脱的地域风情。

除去诸多南方所特有的动植物之外，大海同样是南方诗人绕不过去的一个重要意象。玉珍的《海上》一诗将镜头聚焦于轮船驶过时的海面，其诗句"水奏响整个水面／波纹将更多的波纹拉拢"赋予了大海以具体可感的形象，将海面同时"听觉化"与"视觉化"，串起一个完整的意象形塑过程，谱写出一曲以海洋为主旋律的视觉化的交响曲，而这正是诗人所想要创造的"蓝色的艺术"。青年诗人毕如意在其《热带雨》一诗中亦有出彩的诗句："雨满得盛不下／如金属缓流。／热带就这样冷烙在她肩膀的线条上"。在这短短的两句诗中，寒冷与炽热、坚硬与柔软同时相遇，并以淬火般的力度凝练于女性柔美的身体线条之上，迸发动人心魄的魅力，炫目、冷凝而克制。除去为诗人提供特异的视觉景观，海洋的魅力还在于，在它的怀抱中，我们可以摆脱地心引力的束缚，获取自由。部分诗人诗中的大海已经超越了本土地理边界的限制，将笔触延伸至遥远的异国他乡。沈苇的《东岠岛》虽以家乡浙江沿海的一座岛屿为题，却与世界范围内的海洋书写形成互文，使得诗中的海洋意象成为反思文学性和现代性的精神之海。刘诺的《电子卡夫卡》一诗在开头便对陈规提出了抗议，否定以海南、广东或是福建来定义自己，宣布"我是一片孤悬在外的海"。赵俊的《海洋说》则观察到海洋似乎已经成为巨大的"虚像"，寄居在诗人们过度隐喻的疲倦之中。但它其实一直以悄无声息的沉默姿态，悄悄塑造着沿海地区人们的文化性格："蓝成为图腾，／而你忘记了跪拜。"

另一批诗人将目光从南方风物上转移至本土的历史与文化，并将其与自身的个人经验彼此联结。在飞廉的《西湖个人史》中，杭州雨夜的风景成为激发诗人灵感的契机，白蛇传、女娲补天、庄周梦蝶、孟丽君、龚自珍、郁达夫、《警世通言》等诸多根植于诗人深处的历史记忆纷至沓来。在此诗中，记忆或想象的南方已经不是一个纯粹的地理方位，也不仅仅是某种偏执的怀旧表象，而是某种锚定历史记忆与自我身份的装置。高鹏程的长诗《下西洋》融历史、细节与想象于一体，将古代的海上丝绸之路比作深埋于自身体内的蓝紫色的静脉，并在诗中复活了中国通事官费信和马欢、意大利人马可·波罗、蒙古阔阔真公主、阿拉伯人伊本·白图泰等诸多历史人物，以大海为脐带，将古今中外所有信仰和宗教都连接在一起。

如果说前两组诗是在历史的纵深上追溯南方的"正史",那么于坚的组诗《版纳两章》则是在历史的分岔小径上捡拾南方的"野史"。云贵地区巫蛊之术的古老记忆,以魅惑的姿态参与了诗人有关南方之旅的叙述之中。组诗中的《澜沧江》一诗如江水般裹挟着邪恶、黑暗、含混的力量泥沙俱下,细看却是以"史诗之光""南方之神""沉默之重""灵魂之河"为结构组织诗篇。诸如"镜子映出芭蕉树的梦魇","翡翠们的尸体漂在明月下"等冷峻而缤纷的诗句俯拾即是。另一首《鱼》则贡献了如"一只豹子叼着月亮穿越客房"这样精致、典雅而又迷人的诗句,蕴含着从高度专注中诞生的美妙的放松,以及地方志视野下对幽微而深刻的个人情感波动的精确聚焦。

需要一提的是,在中国诗歌史地理变迁的脉络中延展出"南方"概念与"南方诗学",其意义并非在于强调南北两方的区别与分野,而是借助文化互照的视角,发掘现代转型时期诗人独特而敏锐的文化感知。南方与北方互为参照,正如海子在《两座村庄》一诗中所说的那样:"北方星光照耀南国星座"。诗人江汀曾经离开上海来到北京,其组诗《时间之火》正创作于这一过渡时期。因此,一双双由南而北,又由北望南的"诗眼睛"便散落在了这组诗中:"一片白云,悠然向南方飘去"(《芭蕉叶》);想象中的某个人,"就那样一直朝南走去"(《日子》);"为了证实闷热的梦境,/我要长久地注视南方"(《酷暑的中午》)。尽管诗人已经定居北方,但关于"南方"的想象仍然以某种如火焰般跳跃、闪烁、轻盈的梦幻姿态参与诗人的新生活,展现出诗人在北方与南方之间不断调适自我、更新自我的微妙张力,同时也招引着我们进入南北文化错综复杂的更深处。

四

沿着风物话题还可以继续延展的,是近期诗坛上颇引人注目的动物书写。正如法国诗人安德烈·布勒东在其《超现实主义宣言》中所宣告的那样,诗歌总是与动植物之间存在着秘而不宣的联系。本季度的一批诗人以动物为主题,或是为在飞地中游荡的黑暗动物写记立传,或是创造摹写轻盈自由的飞翔美学,或是诉说人、神、动物三者之间的神秘转化,为我们展示了文明世界的另一面——隐秘的、幽暗的和充满蛊惑的一面。

在社会人类学家道格拉斯看来,跨越界线的动物和神灵至为重要。因为在一个既成的社会里,那些被认为模棱两可和边缘的人或物,虽然会对现存社会结构的主要模式造成危险,但同时也释放出"模糊不清"的黑暗力量。徐静的《我看到很多野兽在优雅地行走》一诗设定了一个虚构的场景，描绘成群结队上街行走的野兽，它们行为优雅，装扮虔诚。诗人将诗歌内部的时间设置在"黄昏接近夜晚"时分，以含混的时间唤醒蕴含在野兽内部的力量，正是"黑夜的无名／给了黑夜更多的可能"。在这略显怪诞魔幻的动物游行场景中，一股"游移"的力量隐约浮现。江非的组诗《雕鸮》的灵感来自幼时长辈讲的那些精怪故事，无论是悄无声息的黑色驼鹿，还是带着力度和旋风而来的黄隼，抑或是充满野心的鹅、黑夜中的雕鸮和眼神幽漆的刺猬，都展示了动物在我们日常生活中的神秘变形。诗人将这些动物的形象陌生化，发掘其背后黑暗恐怖、不为人所控制的一面，并指出正是这些夜行动物构成了诗之本源和人之本真。黄梵的《癞蛤蟆》一改人们对癞蛤蟆的成见，将它并不悦耳的叫声和有毒的黏液，看作是它"穿过黑夜的一丝尊严"。王富举的《乌鸦说》则为与凤凰、喜鹊等瑞鸟相对立的恶鸟乌鸦立传，并宣称："乌鸦，其实从来就不是／黑暗的囚徒"。诗人一反常规，指出乌鸦其实根本不屑于人类对它的憎恶，它栖息于自身完满的孤独之中，这种品质正是诗人所欣赏的。值得一提的还有西克的组诗《中国动物》，诗人在浩瀚古籍中选取出雄驹、凤鸟、疣猪、蝙蝠、梅鹿等神奇动物，玩味其中所蕴含的混沌的远古力量，并致力于从中培植奇诡之花。诗人的医学知识背景为其诗歌带上了解剖学式的目光，通过精密地把控词语的疏密、节奏的缓急和语气的轻重，诗人如庖丁解牛般分割动物的内在机理，将其筋脉与骨骼一一剖示，并攫取提炼出其中的精神内核。

　　在游荡于荒野中的黑暗动物之外，同样也有栖身于现代都市之中的动物，它们对于诗人而言往往意味着一种新的声音或是视角。孔令剑的《铁管上的鸟》一诗从听觉的角度入手，将"推土机的嘶吼"和小鸟欢快的鸣叫并置，当鸟儿"把一个个音符抛向空中"时，诗人感到了如"童年的灵魂"般的欢乐，因此得以诗意地栖息于都市中。沈苇在其《开都河畔与一只蚂蚁共度一个下午》一诗中俯身与蚂蚁交谈，倾听彼此，滤尽了一切生活的伤痛，从而形成最清澈平静的表面，完成了一次对于时代平易而高贵的小小抵抗。

　　另一批诗人则将动物书写引向了虚幻的山峰。南音的《布卡多山羊》取材于一种介于现实和虚构之间的动物布卡多山羊，这种山羊是西班牙野山羊的一种，于两千年前便已经在地球上灭绝。科学家几经努力想将其克隆复活，但都难达预期目标。诗歌前部分极力摹写山羊跳跃奔跑的鲜活模样，结尾才揭示谜底：原来山羊早就已经死亡，"而虚构的雪峰，在远处的寂静中闪耀"。结句"虚构的雪峰"的出现为这首动物诗涂抹上了一丝梦幻泡影的佛教意味，同时也令人不由得想到著名的科幻小说《仿生人会梦到电子羊吗》，促使读者重新思考现实与虚幻之间的界限问题。楼河的组诗《雨中的马》以细腻且精准的笔触描摹了日常动物的"特殊时刻"：环绕着花盆里的灰烬飞舞的灰蛾、行走在雨天海滩前铁栏杆上的乌鸦、在阴云密布的海滩上酣睡的奶牛，以及一匹站在雨中的马。整组诗的氛围十分特别，诗人手中仿佛握着一台轻微震颤着的摄像机，记录下动物们介于静态与动态之间的一种阈限状态，由此在我们的视野中勾勒出一条不断颤动绵延着的灰色地平线。令人感到眼前一亮的还有张翔武的《雨中飞虫》一诗，诗人将聚光灯聚焦在平时不起眼的一群飞虫身上，描绘这群轻薄、透明、颤动的生命如何在雨水和夜色中逃散求生，带有一种生与死的悲壮。与其说诗人在写飞虫的不定之姿，不如说是在塑造一种关于飞翔的诗歌美学。

接续着前文对于飞翔和轻逸美学的论述，本季度不少诗人都向蝴蝶投去关注的目光，如北塔的《白蝴蝶》一诗塑造了一只纯粹理念化的蝴蝶，游离于世间，不沾染任何尘土。而当人们偶遇极致轻逸的生命时，便会不自觉地进入离心时刻。余笑忠的《蝴蝶》一诗便讲述了生活中的一次短暂的出神时刻：当诗人和朋友在聚餐时，房间内突然飞来一只白色的蝴蝶。这只蝴蝶的出现唤起了桌上每个人如童年般单纯的期待，正是这种"短暂的忘我"与"片刻的出神"令诗人感到惊奇。商略的《捕蝶记》所讲述的故事十分简单，即诗人在山中独自行走时，偶遇了一群扑捉蝴蝶的人。诗人并没有详细描写箱子里被捉住的蝴蝶，也没有详细描写捉蝴蝶的人，而是将目光放在那只捕蝶器上飘荡着的"像一只气泡"一样的"淡蓝色丝网"上，丝网如深海中的气泡般猛然地出现，而又悄无声息地消失，为全诗披上了一层如志怪故事般缥缈的神秘面纱。泽平的《海马》同样是以轻盈、梦幻、纤弱的动物作为召唤"奇点时刻"的重要灵媒。诗人赋予海洋馆玻璃缸内的海马以神秘的女性气质，当诗人与之对视时，仿佛是两座遥遥对视的孤岛，在各自说着各自的谜语。换言之，只有当我们将视线移开当下的主题时，被主题遮蔽的东西才开始浮现，也正是在这一瞬间，我们才能感受到超越此在的美妙感觉。

正如意大利哲学家吉奥乔·阿甘本所指出的那样，人与动物之间的界限其实并不在人与动物之间，而是在人的内部，即人自身中人性与动物性之间的区分。本季度部分动物诗歌正是超越了人类和动物之间的界限，如陈先发的《伤别赋》以动物性和人性之间的转化互变为主题，表达出一种对于跳脱于传统的"六道轮回"之外的、"不规则的轮回"的渴望。诗人召唤"那些栖居在鹳鸟体内／蟾蜍体内、鱼的体内、松柏体内的兄弟姐妹"重聚在一起，合成一种复杂的跨界力量。"虎变人"或"人变虎"是古代传奇笔记中常见的一个母题，预兆着异象和灾变。丁觉民的《虎人外传》暗中接通了"人虎互变"这一传统故事的地脉，描述了一位

"长着虎斑的友人"如何在日常生活中用其独有的癫狂和狷介抵抗都市的平庸。在现代转型时期,丧失与故土的联结的人们,只能用尖刺伪装自己的两难处境。诗中的"要成为虎／才能如此疼痛地失踪在故土"一句,如谶语般点破了这一症候性问题。朱春婷的《卵》将笔力凝聚于雏鸟破壳而出的那一神圣瞬间,将从"卵"到"鸟"的物种变化看成宇宙生成过程的一项神秘要素。而"卵"正如数字0一样,"可以是任何事物",体内孕育着无数可能。陈东东的《酒狂》为阮籍列传,同时结合了解剖学、宇宙学和动物学的视野,塑造出一个"踏上筋斗云"而又纵身一跃"化入无限透明的虚空"的名士形象。诗的形式亦极富意味,以大量词句的断裂和位移表明抒情主体在"言"和"不言"之间的不断转身,更为这首诗添上迷狂的色彩。三子的《悟空传》为孙悟空这一融合了人性、神性和动物性的传说人物立传。在诗歌技艺上亦取悟空七十二般变化的精髓,打破语言表达的常规。同为传记类写作的,还有霍俊明的长诗《九梦何仙姑:外祖母传略》。此诗讲述了一生九次梦到何仙姑的外祖母的故事,以九次梦境为线索架构全诗,将不可见的灵魂世界带入外祖母的世界,完成了外祖母与何仙姑两个形象的互文指涉,融巫性、神性与母性为一体。

小结

在人类学家维克多·特纳看来,在既非此也非彼的灰色地带,存在着一种名为"游移"的力量(《仪式过程:结构与反结构》)。借助游移之力,人们可将旧有的结构和规则转化为有待打破和重组的对象,进而重新定义世界的秩序。将"游移"视为一种总体性视野,或可串联起前文所论及的街道美学、纸质阅读、南方风物以及动物诗学等诗学主题,大致勾勒出本季度诗坛的面貌与特征。诗人们在看似并不相融的两极之间不断往返穿梭,书写都市与乡村、移动媒介与纸质阅读、南方与北方、动物与人类之间的转化和变形,以多种多样的象征手段重新聚拢读者的目光,从而表现出现代社会不清晰、不稳定、不确定的液体特质。

※ 本文资料来源主要为2023年春季(1—3月)的国内诗歌刊物,包括《诗刊》《星星诗刊》《扬子江诗刊》《诗林》《诗潮》《诗歌月刊》《江南诗》《草堂》,以及综合性文学刊物《人民文学》《十月》《作家》《山花》《作品》等。除作者姓名、诗题,诗作发表刊物与期数不再一一注明。

图书在版编目（CIP）数据

诗收获. 2023 年. 夏之卷 / 雷平阳， 李少君主编
. -- 武汉 ： 长江文艺出版社， 2023.8
ISBN 978-7-5702-3224-6

Ⅰ. ①诗… Ⅱ. ①雷… ②李… Ⅲ. ①诗集－中国－当代 Ⅳ. ①I227

中国国家版本馆 CIP 数据核字 (2023) 第 115183 号

策　　划：沉　河
责任编辑：王成晨　　　　　　　　　责任校对：毛季慧
封面设计：祁泽娟　　　　　　　　　责任印制：邱　莉　　王光兴

出版：长江出版传媒　长江文艺出版社
地址：武汉市雄楚大街 268 号　　　邮编：430070
发行：长江文艺出版社
http://www.cjlap.com
印刷：武汉市籍缘印刷厂

开本：720 毫米×1020 毫米　　1/16　　印张：16.125
版次：2023 年 8 月第 1 版　　　　　2023 年 8 月第 1 次印刷
行数：6401 行

定价：58.00 元

版权所有，盗版必究（举报电话：027—87679308　87679310）
（图书出现印装问题，本社负责调换）